何文匯

著

U0132630

廣粵讀

商務印書館

責任編輯	李蔚楠　王卓穎	
裝幀設計	麥梓淇	
排　　版	高向明	
印　　務	龍寶祺	

廣粵讀

編　著	何文匯
出　版	商務印書館（香港）有限公司
	香港筲箕灣耀興道 3 號東滙廣場 8 樓
	http://www.commercialpress.com.hk
發　行	香港聯合書刊物流有限公司
	香港新界荃灣德士古道 220-248 號荃灣工業中心 16 樓
印　刷	美雅印刷製本有限公司
	九龍觀塘榮業街 6 號海濱工業大廈 4 樓 A
版　次	2022 年 8 月第 1 版第 1 次印刷
	© 2022 商務印書館（香港）有限公司
	ISBN 978 962 07 0596 0
	Printed in Hong Kong

重刊《廣粵讀》小記

　　《廣粵讀》於 2010 年由明窗出版社出版。今年 2022 年，《廣粵讀》由香港商務印書館重新編輯印行。

　　本書分兩個部分談語文。「第一部」談香港的語文教育政策；「第二部」談粵語、普通話和英語的語音特性，以及普、粵、英三語的禁忌音。香港是一個「兩文三語」的社會，我希望第二部的內容能為學習和運用兩文三語添加情趣。

　　附錄的〈對聯格式淺說〉與《粵讀》一書的〈近體詩格律淺說〉互相呼應，讓讀者深入了解律聯格式，從而增強創作詩、聯的自信心，為我國古典詩歌文化的傳承作出貢獻。

　　感謝香港商務印書館的鼓勵和支持。

何文匯

二〇二二年六月

敍

　　《廣粵讀》是乘《粵讀》一書之勢寫成的。本書的重點在說明普通話、粵語和英語的語音特性，以及普、粵、英三語禁忌音的處理方法。附錄的〈對聯格式淺說〉一文能幫助讀者深入了解律聯格式，從而增加創作律聯的能力。

　　我感謝資深教師黃寶芝女士整理書稿、香港中文大學韓彤宇女士和韓晨宇女士校閱書稿、香港浸會大學趙麗如女士就書稿提供專業意見，以及香港理工大學畢宛嬰女士審訂校對稿。隆情厚誼，謹誌不忘。

何文匯

二〇一〇年六月

目　錄

第一部

第一章　燈火闌珊處

・不如學也・

　　去年，一位相識甚久的記者要求我做一個關於粵音正讀的訪問，談談讀音應該『從切』、『從師』還是『從眾』。我問他如何有此『三從』鼎立之說，他說是參考語音專家的意見歸納出來的。

　　我告訴他，因為他的立論太膚淺，我沒法接受他的訪問。接着我便問他學會反切沒有。他說沒有，因為他沒時間，而且反切實在太艱深。我又問他會不會分平仄。他說會一點點。我說：『會一點點等於不會。六年前我建議你學平仄，學反切；六年後的今天你還是不會分平仄，不會用反切，這樣就等於不會查字典。你因為不會查字典，才有這樣膚淺的立論。到頭來，你的訪問報告只會像你的立論一樣膚淺，既害了你自己，又害了受訪者。』

　　我叫他想想，甚麼叫『從切』？甚麼叫『不從切』？就以『記者』的『記』字為例，『記』字《廣韻》讀『居吏切』。上字辨陰陽，『居』是陰聲字；下字辨平仄，『吏』是去聲字，合起來便是陰去聲。那麼『記』字讀陰去聲有

2

甚麼問題？如果不從切，那麼『記』字要怎樣讀才合我們的心意？甚麼叫『從師』？我們要從的師是『良師』還是『庸師』？是會查字典的老師還是不會查字典的老師？甚麼叫『從眾』？是小眾還是大眾？是會查字典的群眾還是不會查字典的群眾？我們怎麼知道是否在從眾？每天選三百個漢字找三百萬人讀給我們聽？還是以電視新聞主播的讀音代表群眾的讀音？我告訴他，『三從』鼎立說牽涉很多邏輯性的問題，還是先回家好好地想一想吧。他大概也不用多想，因為幾個月後，他便離開報社，『從商』去了。

記者的問題也不是沒有啟發作用，因為它指出良師的重要性。老師如果會查字典，自然要求學生也會查字典，也一定會教學生怎樣查字典。查字典不但是基本知識，也是一門非常重要的學問。上世紀八十年代後期，我在香港中文大學當時的校外進修部開設『粵音平仄入門』課程；九十年代初，我又在新市鎮文化教育協會主持『粵語正音及粵音正讀』訓練班，通過這些場合，我有機會與就讀的校長和老師交換心得。我常對他們說：『你們不懂得平仄、反切，就是不會查字典。當然，你們都是受害者。害你們的是教育署。但是，如果你們只埋怨教育署而自暴自棄，結果害了你們的還是你們自己。你們不但害了自己，更害了你們的學生。』

・ 開宗明義 ・

　　1995 年，厚厚的一本《粵音教學紀事》由香港中文大學中國文化研究所吳多泰中國語文研究中心出版了。那本書可以說是我在八十年代和九十年代在香港中文大學、香港大學和新市鎮文化教育協會從事的粵音知識教學活動的詳細進度報告。現在翻檢這本舊書，仍覺得〈正編・粵音基本知識教學紀事・引言〉相當扼要地闡述了查字典的重要性。我現在把〈引言〉引錄於後，再一次為查字典解答一些理念上的問題。

引言

　　粵語是大部分香港人的母語，但不少以粵語為母語的香港人卻講不好粵語。香港人講粵語有兩大毛病：錯讀字音和發音不準確。這主要是由電視引起的。香港的電視廣播在六十年代由有線發展至無線後，二十多年來，日趨發達。現今，差不多家家戶戶都有電視機，男女老幼都會看電視，電視的影響真可謂無所不至。於是，電視廣播員的流行錯讀和普遍存在的不準確的發音，便深深地影響了廣大觀眾。香港年輕一代都是看電視長大的。孩童不懂得分辨電視廣播員的發音是對是錯，只會模仿；加上沒有家長和老師隨時糾正，長大了不但很難自我改正，而且會『傳染』別人。這樣下去，很容易造成母語發音的大混亂。相對而言，改正錯誤的讀音還比較容易，而改正錯誤的發音就相當困難。一個以粵語為母語的人，如果粵音發得不準確，那麼學普通話，學英語，學其他外語或方言，發音也很難準確。這是因為他的辨音能力從孩提時代就得不到嚴格的訓練，以至無法準確地掌握母語的語音；因而在學習其他語言或方言時，勢必相應地降低了對語音的重視程度。這些人一旦當了廣播員，肯定貽誤社會。

一般人的語文水平並不比廣播員高，不然的話，也不會這樣容易受廣播員影響。在香港，一般人沒有翻查字典尋找正確粵讀的習慣，事實上，也很少人有這個能力；所以只能以廣播員的讀法為準。而一般廣播員本身當然也和一般人一樣，既不翻查字典又不會查字典。試看看這十多年來的流行錯讀：像把『愉快』讀成『遇快』，『跳躍』讀成『跳約』，『姓任』讀成『姓賃』……正宗的切音字典和粵音字典哪裏有這些讀法？只因為讀的人不查字典，聽的人也不查字典，才會有這種錯誤。電視流行之前，錯讀傳播得較慢；電視流行之後，錯讀傳播得飛快。廣播員經電視台傳播錯讀的速度，一個月何止勝從前十年。舉例說，『緋』音『非』，別無他讀。以前，大家知道怎樣讀『臉色緋紅』，口語也常用『紅粉緋緋』來形容一個人臉色紅潤。自從四、五年前廣播員把『緋聞』誤讀成『匪聞』，現在連教師也滿口『匪聞』了。只要翻一翻任何一本像樣的字典，找到『糸』部八畫便不會讀錯的『緋』字，竟然淪落到與『匪』為伍，見微知著，能不令人痛心？

香港一般中學生甚或大學生都沒有翻查字典的習慣，也不懂運用字典的切語和語音符號。極可能因為他們不懂切音和拼音，所以便沒興趣翻查字典。正因為不查字典，於是字形不熟了，字音不懂了，字義也不解了，中文程度焉得不低？

粵語跟中國其他方言一樣，是有聲調的。要學會翻查字典尋找正確讀音，就要先學習自己方言的聲調。以粵語為例，第一步是清楚分辨九聲：陰平、陽平、陰上、陽上、陰去、陽去、陰入、中入和陽入。第二步是學習粵音反切的方法：上字取聲母，下字取韻母；上字辨陰陽，下字辨平仄。學懂這個方法，便能理解《廣韻》的『德紅切』怎樣產生『東』的讀音了。我們的日常錯讀字，多半錯在聲調。學會切音，未必能立刻解決聲母和韻母古今變化的問題，卻可以立刻有能力糾正錯誤的聲調。比如說，『愉快』的『愉』在《廣韻》只有『羊朱切』一讀，『羊』屬陽平聲，『朱』屬陰平聲，我們通過『上字辨陰陽，下字辨平仄』的法門，肯定了『愉』是陽平聲字，便自然不會把『愉』讀成陽去聲的『遇』了。

　　學會反切還是不夠的。我們通過反切，把一個字正確地讀出來之後，還須懂得用語音符號顯示讀音。現在市面上有不少粵音字典並不用中古切語，只用語音符號或同音字。同音字本身並不足以準確地顯示讀音，有些字根本沒有同音字，所以不保險。只有語音符號才可以準確地顯示讀音。如果我們連語音符號也看不懂，我們如何知道那個字怎樣讀呢？所以，語音符號也不可不學。目前，《粵音韻彙》仍然是一本常用的粵音字典，近來很多附有粵音的字典都是用《粵音韻彙》的語音符號的。這一套符號一定要學，也並不難學。學會了用符號

表音，粵音撥亂反正的過程才算完成。比如說，知道怎樣通過反切讀對了『東』字，還要能夠用語音符號〔ˈduŋ〕把『東』字的讀音表示出來，正讀過程才算完成。懂得運用語音符號，無疑就是懂得拼音了。既懂得切音，又懂得拼音，就有能力運用任何一本載有中古切語和粵語語音符號的中文字典。我們能夠掌控每一個中文字的正確粵讀，才會對中文產生深厚感情，才會有興趣深入鑽研中文。

那麼，只學習粵語拼音而不學習切音，可以不可以呢？答案是：一，目前還不可以；二，也不應該如此。理由是，一般具規模的舊式字典和辭典都只載中古切語，並沒有附粵讀；如果兼用直音的，也沒有注明是哪種方言的讀音。較近期的大型字典和辭典，像台灣出版的《中文大辭典》以及國內新近出版的《漢語大詞典》和《漢語大字典》，都只載切語和國音讀法。如果我們要從這些完備的字典和辭典中找出一個字的正確粵讀，似乎除了反切外，便別無他法了。那麼，我們捨這些大型字典和辭典不用，只用載有粵讀的字典和辭典又如何呢？目前也不行。現在一般粵音字典收的字不多，每個字收的音也不完備，如果不學切音而只學粵語拼音，很多字的正確粵讀便不能靠自己尋得，而要瞎猜或問別人。如果別人也在瞎猜，那就很容易以訛傳訛了。而且粵音字典也並非每個粵讀都是正確的。例如《粵音韻彙》把『秫

康』的『嵇』擬成『稽』〔ˈkɐi〕音，顯然是跟從當時北音的錯讀，並不是從《廣韻》的『胡雞切』擬出來的。我們如果不懂切音，便只能被粵音字典牽着鼻子走了。

單是學粵語語音符號未能直探語音本源，但對糾正不準確的粵語發音卻有很大幫助。以前我們讀小學學英語時，老師總會教我們英語拼音。老師雖然只是從字母聯綴去擬音，而不是用國際音標去顯示實際讀音，但對我們分辨一些容易混淆的聲母如〔l-〕和〔n-〕、韻尾如〔-n〕和〔-ŋ〕（即〔-ng〕）以及〔-t〕和〔-k〕卻有莫大幫助。這二十多年來，中、小學的英語教學差不多摒棄了拼音訓練。影響所及，很多年輕人說英語時起音和收音便抓不牢。腦袋裏沒有符號定音，自然很容易受到其他方音或不準確的發音所干擾，於是連帶說母語粵語也抓不牢起音和收音。碰巧十多年前就有一批粵音不準確的年輕人進了電視台，相繼成為當紅電視藝員。他們對觀眾的粵音所造成的壞影響，確是難以估量的。如今，不受電視藝員影響而仍然字正腔圓的年輕人，真是少之又少了。如果我們不及早正視這個問題，到『習非勝是』的情況壞透的時候，學生大可乾脆向廣播員學習中文，而不必回學校請教老師了。

說到底，香港的粵音和粵讀敗壞到這個地步，難辭其咎的還是學校。一向以來，香港的學校沒能夠有系統

地教學生粵音平仄、粵音反切和粵語正音。小學只會把這個責任推給中學，中學也只會把責任推給大學；大學則把責任推回給中學，卻沒有培養出足夠的師資在中學以及師範學院傳播聲調、反切和正音的知識。就以早期的香港大學中文系為例，在那裏任教的學者大部分是不說粵語的外省人，他們怎麼會去教學生粵音平仄、粵音反切和粵語正音呢？所以我們不難推想，那時候，除了有家學和聰穎自強的學生外，一般學生是很難在大學裏打好粵語語音基礎的。由他們教育下一代、為下一代訂定語文教學政策，效果怎樣，自不待言。所以，正本清源，還是要由學校做起。雖然，調聲、反切和拼音這些基本知識，都是學生應該懂的；但是，如果連任教老師都不懂這些知識，學生又怎能懂呢？因此，在職教師和將來可能當教師的大專學生便得先接受這些知識。但怎樣才能夠令他們接受這些知識呢？

過去，香港大部分中學都崇尚英語教學。近年來，教育當局開始鼓勵學校採用母語教學。香港絕大多數華人以粵語為母語，所以母語教學便差不多等同於粵語教學。這該是我們正視粵語的關鍵時刻了。如果大專學生和現職教師不及早獲得『粵語正音』和『粵音正讀』的知識，粵語教學不但突出現存的語音問題，還會帶來新的語音問題。為此，我這幾年來從事了一連串介紹粵音基本知識的活動。心力交瘁之餘，總算取得了一些經驗。

我現在把這些經驗以及有關材料紀錄下來，作為野人之曝，供教育界人士參考。

・盍反其本・

查字典的其中一個目的是尋找正音和正讀。廣義的正音包括正讀，廣義的正讀也包括正音。狹義的正讀就是正確的讀音，狹義的正音就是正確的發音。那麼〔n-〕聲母發成〔l-〕聲母是正音問題還是正讀問題呢？『男』讀作『藍』肯定是正音問題，'national' 讀作〔ˈlɛsønloʊ〕肯定是正音問題。錯讀是即時可以改正的，錯音卻不是。《粵音教學紀事·正編》的〈粵語正音及粵音正讀標準我見〉一文對正音和正讀作了詳細的分析，我現在引錄於後，以供讀者參考。

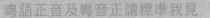

粵音基本知識教學主要是使學生懂得粵語正音和粵音正讀。這裏正好讓我交代一下我訂定粵語正音和粵音正讀的標準。正讀的問題比較多，所以先談正讀。粵音是《廣韻》音系的遺裔，所以我心目中的粵音正讀是以《廣韻》反切為標準的。《廣韻》音系繼承了《切韻》音系，是得到當時官方承認的中古標準音系。因此，《廣韻》正好成為我們正讀的依據。粵音和《廣韻》中古音在聲調方面有極強的對應性：中古音的清濁在粵音是陰陽，中古音的平、去、入在粵音也是平、去、入，中古音次濁聲母上聲在粵音是陽上聲，只有中古音全濁聲母上聲在粵音大都作陽去聲。由於粵音和中古音的強烈對應關係，因此用粵音讀近體詩，仍然鏗鏘可誦，平仄無誤。在保存中國傳統文化和欣賞中國古典文學方面，粵音承擔了重要的使命。

粵讀有四個要素：聲母、韻母、陰陽、平仄。四個要素中，我認為最要嚴守的是平仄。而仄聲中全濁聲母上聲的『陽上作去』既然已經『約定俗成』了，我們不妨蕭規曹隨，但切音時我們卻不能不恢復這類字的上聲地位。粵音平仄不但在日常溝通中必須嚴守，而且在讀古典文學作品、尤其是近體詩時也必須嚴守。相對於平仄，陰陽便比較次要。基於這個原則，我個人寧願容忍

『詮』、『銓』這兩個陰平聲字因『習非勝是』而變成陽平聲字，也不容忍『刊』這個陰平聲字因『習非勝是』而變成陰上聲字。我在新市鎮文化教育協會推動律詩創作比賽和在區域市政局推動詩詞創作比賽，正是要使大家更明白嚴守平仄的必要性。

至於聲母和韻母，固然兩者都重要。不過，聲母和韻母都長期受到古今音變的影響，有時是要個別推敲的。縱使如此，誦讀韻文的時候，韻母還是比聲母重要。相對於平仄，韻母便比較寬鬆了。韻母往往因為同『攝』而可以近移；平仄卻不然。除非那個字的中古音可平可仄，不然的話，一個字的平仄便毫無靈活處理的餘地了。總的來說，我處理正讀的立場是：一切從嚴，嚴處論寬。如果不從嚴，粵音系統便會因讀音混亂而崩潰。如果嚴處不論寬，便是罔顧現實。

有些字經過長期誤讀，平仄因而不復本來面目，遽改又恐怕妨礙溝通。我們應該怎樣處理呢？讓我舉例說明一下。

『搜』字在《廣韻》屬『所鳩切』，是陰平聲字。我們『有邊讀邊』，日常都讀『搜』如『叟』〔✓sɐu〕，陰上聲，於是錯了平仄。這是大錯，非改不可。不然的話，李紳〈過吳門〉排律的『故館曾閑訪，遺基亦徧搜』、李商隱〈寓

興〉五律的『談諧叨客禮，休瀚接冥〔陽平聲〕搜』和王安石〈留題微之廨中清輝閣〉七律的『鷗鳥一雙隨坐笑，荷花十丈對冥搜』便會被我們錯讀格律。但『搜』字誤讀了那麼久，口語又常常獨用，如果貿然把它改正了，反而會妨礙溝通。試想如果一位警官帶一隊警察去搜查某個地方，一抵步便一聲號令說〔'sɐu〕，警察不因為誤會他說『收』而收隊才怪呢。所以，『搜』的誤讀在口語裏暫時不宜改正，這是『習非勝是』使然，是迫不得已的。應該待大家熟悉『搜』字的書面語正讀後才作打算。

不過，要改正口語不會獨用的錯讀，則少了一層顧慮。『刊』字在《廣韻》屬『苦寒切』，陰平聲。粵音日常錯讀是〔ˊhɔn〕，陰上聲。錯了平仄，非改不可。『刊』字不會獨用，一定和其他字連成複合詞，如『書刊』、『報刊』、『刊登』、『刊印』等。因為『刊』和其他字連用，所以改正了讀音並不會引起溝通上的困難。

如此類推，不少關乎平仄的錯讀，如『愉』(陽平誤作陽去)、『誼』(陽去誤作陽平)、『眸』(陽平誤作陽去)和『銘』(陽平誤作陽上)等字都是口語不會獨用的，所以都無礙盡速改正。

讀音方面，口語音無疑沒有書面讀音那麼嚴格。但有一些中文字卻是粵口語一直讀對了而書面語卻讀錯

的。這是因為我們口語承受了先人傳下來的字典正讀，但到真正看見那些字時卻因為不查字典而認不出來，終而另作一些和字典讀音不符的錯讀。然而，口語音也沒念錯的字，書面讀音又怎能不改正呢？我現在舉例說明一下。

『簷』在《廣韻》屬『余廉切』，粵讀應該是〔ˌjim〕，但我們大都誤讀為〔ˌsim〕，這顯然是受了『蟾』的字形和讀音的影響。但粵口語稱『壁虎』為『簷蛇』(『蛇』讀口語變調高升調，與『陰上』同調)，卻又讀『簷』為〔ˌjim〕。而一般人也不知道『簷蛇』的〔ˌjim〕寫作『簷』，還以為它寫作『鹽』。這個字的讀音，是須要跟口語音改正的。

『戾』字在《廣韻》屬『郎計切』，是『乖曲』、『兇狠』的意思，粵讀當如『麗』〔˗lɐi〕。我們大都誤讀『戾』如『淚』〔˗lœy〕，這顯然是受了『淚』的字形和讀音的影響。粵口語稱『蠻不講理』為『狼戾』(『狼』讀陰平調，『戾』讀陰上調。不少專家認為粵語的口語變調分高平調和高升調，而高平調調值是『55』。按詞末字的變調確是如此。不過『狼』在『狼戾』一詞中並非末字，調值也非『55』，而是『53』)。『狼戾』一詞，來源甚古，例如《戰國策·燕策》：『夫趙王之狼戾無親，大王之所明見知也。』賈誼〈旱雲賦〉：『陰陽分而不相得兮，更惟貪邪而狼戾。』《漢書·嚴助傳》：『今閩越王狼戾不仁，殺其

骨肉，離其親戚，所為甚多不義。』此外，我們形容『睡到項部瘛攣』為『瞓戾頸』，形容『乖曲事實』為『戾橫折曲』，形容『冤枉』（及物動詞）為『冤戾』。以上『戾』字全讀口語變調陰上調。我們口語讀『戾』韻母無誤，但看見『戾』字而讀對的卻很少。不過，我們既然在口語裏保留了『戾』的本音，那麼，在書面語中『戾』字自不能繼續誤讀如『淚』。

『緋』是一個極新的例子。『緋』在《廣韻》屬『甫微切』，粵讀當如『非』〔ˈfei〕，陰平聲，是『紅』的意思。近年來，我們稱男女間的情慾傳聞為『緋聞』，這也沒甚麼。但近來因為一些廣播員不識字，又不查字典，終於誤讀『緋』如『匪』〔ˇfei〕，陰上聲。影響所及，不少教師也盲目跟從廣播員讀『緋聞』如『匪聞』了。這個錯誤比上兩個錯誤嚴重，因為『緋聞』是書面語詞，不是口語詞，『緋』字不可能有陰上聲變調；而且陰平變陰上也不是正常的變調。那麼，『緋』讀如『匪』便錯了平仄。但在口語裏，我們形容一個人臉色紅潤卻仍說『紅粉緋緋』，由於心中沒有『緋』的字形，『緋』字反而讀對了。如此一來，『緋』讀如『匪』這一錯誤是非改不可了。

正音方面，我最關注的是〔n-〕聲母變成〔l-〕聲母的問題。我在上文已經說過，把〔n-〕音發成〔l-〕音未必是發音缺陷，而可能是不知道粵語有〔n-〕聲母。我也看過

一、兩篇認為〔n-〕變〔l-〕是自然現象的文章，言下之意，是大可不必制止這一變化。因為有一些語文專家持這個『觀照』的立場，所以我更關注〔n-〕變為〔l-〕的問題。

本來，聲母消失是古來語音變化的自然現象。例如，『疑』母字的〔ŋ-〕聲母在粵音齊齒呼和撮口呼中都消失了；有好些『溪』母字的聲母在粵音已經由〔k-〕變〔h-〕，合口呼的變〔f-〕；不少『匣』母字的聲母在粵音也因為顎化或唇化而脫落了。那麼，『泥』、『娘』母字因鼻音消失而變為邊音有何不可呢？我們研究語音的變化，可以客觀地研究變化的現象。變化定了，也無須刻意去回復舊觀。所以，如果現在粵音〔n-〕已和〔l-〕相混，那也沒辦法。但目前情況卻非如此，〔n-〕在粵音中並未消失。越來越多人所以把〔n-〕讀成〔l-〕，只不過是一些把〔n-〕讀成〔l-〕的語文教師和廣播員無意中造成的不良影響而已。現在要改正過來是絕對可以的，也是我們應該盡力去做的。〔n-〕是一個很可貴的聲母，北音守得很嚴，世界上主要的語言都有〔n-〕聲母。如果粵語標準音丟掉這個聲母，將會是一件非常可惜的事。

在收筆前，我想探討一些觀念上的問題。有些人喜歡用『約定俗成』和『習非勝是』做藉口去原宥錯誤的讀音。其實這種論調頗有未善之處，中國語文及文學教師更不能藉此來文過飾非。沒錯，教師本身讀錯字固然可

以用『約定俗成』、『習非勝是』等理由去化解窘境；但假設學生讀錯字時，教師去糾正他，而他又用『約定俗成』、『習非勝是』作為理由，進而向老師挑戰，要求就他讀錯的字做問卷調查以作統計，那怎麼辦呢？如果教師認為學生強詞奪理，學生一樣可以認為老師持雙重標準。如果教師和學生都放棄『對』和『錯』的觀念，認為日常的語文學習可以建基於『約定俗成』和『習非勝是』的話，那學生大可以廣播員為師，又何必上課識字呢？我們又要教師來幹甚麼呢？所以，我們教粵讀時，一定要有一個標準。在這標準下，『約定俗成』一般來說是可以接受的。沒有標準的『約定俗成』其實只是與『習非勝是』互為表裏。至於『習非勝是』，縱使接受也是無奈的。這是對先人遺留的讀音應有的態度。『習非勝是』只是接受先人留下來的、確乎不可拔的錯音和錯讀的一個無可奈何的理由；當『非』未能勝『是』時，這個『非』還是要改的。但語文教師絕不應該鼓勵學生在讀音上製造新的『非』，自己更應避免在讀音上製造新的『非』。只有懂得運用有中古音切語的字典和辭典，才可以盡量避免在讀音上製造新的『非』。

上文提過，我在 1989 年為《日常錯讀字》一書寫了兩篇文章，一篇題為〈談談『約定俗成』和『習非勝是』〉，主要是和讀者探討粵音正讀的標準和討論維持正讀的好處的；另一篇題為〈談談拼音〉，主要是和讀者討論拼音

對糾正不準確的粵語發音的用處的。第一篇文章牽涉到關乎正讀的觀念上的問題。觀念上的問題不解決，我們便不能確立一個完整的粵讀系統。我現在把該篇文章的首兩段和末六段移錄過來，以殿全文，旨在拋磚引玉，讓讀者就其內容提出批評。雖然我在引文中談的是粵音正讀，但引文中的正讀觀念用在粵語正音上也是大致合適的。以下是引文。

　　好幾年前，我去看市政局香港話劇團演出《阿 Q 正傳》，聽到台上的演員不斷地把『革命』念成『甲命』，非常刺耳。事後我問其中一位演員為甚麼『革』字也會讀錯。據他說，原來排練的時候，有的把『革』念成『隔』，有的念成『甲』，莫衷一是。終於以少數服從多數的方法，決定統一讀成『甲』。我嘆息不已。當時參與《阿 Q 正傳》幕前和幕後工作的有不少『知識分子』，在幾個月的排練中，竟然不去翻查字典找尋『革』字的正讀，而只是由他們一小撮人胡亂決定選了一個錯誤的讀音，這是何等不負責任！這對得住觀眾嗎？但這正是香港人對語文的態度，也正是香港語文教學失敗的明證。

　　因為香港人對中國語文的態度這麼苟且，所以有些人便提出一些似是而非的理論來掩飾一己的不足。最常聽到的理論是：讀音是『約定俗成』的，流行的讀音便是正確的讀音。縱使這個流行的讀音本

來是『錯讀』，經過『習非勝是』（出自《法言‧學行》，時人每誤作『習非成是』）的過程後，『錯讀』便成『正讀』。

……

錯讀往往不一而足，像『嫵媚』這個詞，目前便有六個不同讀法：正讀是『武未』，錯讀有『無眉』、『撫眉』、『武眉』、『無未』和『撫未』。如果我們不跟從正讀，硬要習非勝是，我們怎樣決定哪個『非』可以勝『是』呢？是不是要發一張問卷來重新約定俗成呢？這樣做不是很費時失事嗎？習非勝是之後，遇到像『我見青山多嫵媚』這些有平仄規限的句子，我們又會怎樣處理呢？如果一定要把錯讀重新約定俗成，堅持習非勝是，那簡直就是捨本逐末，自討苦吃。

『非』的形態是多方的，就算我們今天把向來的『非』都約定為『是』，都記在字典裏，但是，如果我們仍然和以往一樣不翻查字典，這些新訂的『是』很快便會給我們新的誤讀取代。這樣下去，豈不造成語言大混亂？

我們其實是很自私的。當我們讀一個字無誤時，我們絕不會希望別人錯讀它，我們甚至會指正錯讀的人。當我們錯讀一個字而羞於改正時，我們會熱切希望我們的錯讀可以成為正讀。這完全是我們的自尊心（或自卑感）作祟，越處於高位的人越有這種毛病。錯讀越多的人，越希望習非可以勝是，但他們讀對的字音卻不容許別人讀錯，這自然是很矛盾的行為。其實

每一個人都會錯讀字音，錯了便改是最好的辦法。不過，如果我們的語文教學法可以正本清源，使大家自小不錯讀字音，今後在正讀方面便可省去很多時間了。

我們日常的錯讀，主要是受廣播員影響而成的。其實一般人對語文的認識不見得比廣播員的高明。不過，一般人錯讀字音影響不大，而廣播員錯讀字音影響卻非常大。以前廣播員把『塑膠』誤讀如『朔膠』，於是很多人都把『塑』讀如『朔』；後來廣播員把『塑膠』正讀如『溯膠』，大家又把『塑』讀如『溯』了。『核子』的『核』二十年來也變更過兩次讀音，都是由廣播員帶領的。

十多年前，很多人都知道『姓任』的『任』讀如『淫』，『責任』的『任』讀如『賃』，不容混淆。七、八年前，突然有廣播員發起把作為姓氏的『任』讀如『賃』，於是大家都跟隨錯讀了，連本身姓任的人也少有例外。『愉快』誤讀如『遇快』，『活躍』誤讀如『活約』，全拜廣播員所賜。廣播員的影響力以及一般人不辨是非、隨波逐流的習性，同是使人吃驚的。

如果我們不打好語文基礎，不辨平仄，不學切音，不養成多翻查字典的習慣，而只是繼續鼓吹約定俗成和習非勝是，我們只是在自欺欺人。更有甚者，我們在摧毀中國文化。廣播員的錯讀是日新月異的，難道我們每年重新約定一次讀音不成？如果學生的讀音由廣播員支配，而不是由中、小學老師根據字典的切音來支配，那麼年輕人還上中文課幹甚麼？

以前的教育署並不要求學生學會用反切，我們也不要期望現在的教育局會改變方針。到頭來，我們只能依靠良師。

第二章　望盡天涯路

・時止則『行』，時行則『止』・

語文教學非政府推動不會見效。上世紀七十年代，香港教育署公開主張以傳意法 (the communicative approach) 教英語，於是英文科督學便到各學校叫人扔掉文法書，結果成功地使香港人的英語水平急速下沉。現在要把水平提高恐怕已經極度困難了。

上世紀九十年代初，博益出版集團出版了我的《粵音平仄入門・粵語正音示例》合訂本。我送了一本給當時的教育署署長。署長對『粵語正音』和『粵音正讀』這個課題很感興趣，於是委派一位教育官員詳細了解在學校推動正音正讀的可行性。該官員向我表示，推動正音正讀刻不容緩；不過，聽說他跟着寫了一份報告給署長，表示錯音錯讀的情況在學校並不嚴重，是以推動正音正讀並無迫切性。不多久，這位教育官員和署長相繼離去，整件事便告一段落，只成為茶餘飯後的話題。

與此同時，教育署發表了『目標為本課程綱要』，其中也觸及正音正讀。例如，小學一年至六年級，教育署就粵音所建議的目標是『發音正確，吐字清晰』，這就是

正音。到了中學，教育署就粵音所建議的目標是『粵音聲調的辨別』，這就是正讀的初階。我問教育署的負責人，如果老師發音不正確，吐字不清晰，又不辨聲調，教育署會不會為他們提供培訓課程。負責人說並沒有這個打算。我問一些中小學教師如何教正音、正讀和九聲，他們說不用考的東西不會教，也不能教，否則家長會投訴。有些老師更坦白地說：『我根本不懂。』

事隔好幾年，一天，剛退休的教育署副署長關定輝先生到中大找我。他說現在老師和學生的粵語發音問題已經相當嚴重，並問我究竟有甚麼好辦法推動一下正音。我說：『如果你真的有意推動正音，我們可以成立一個「粵語正音推廣協會」開創風氣。很多中、小學校長和教師都會有興趣參加。中大校董殷巧兒女士字正腔圓，做事認真，可當主席。關先生你可當副主席，和她共謀大事。』但我還是不禁好奇地問：『你當了多年副署長，為甚麼不在教育署推動正音？』關先生只說：『並不容易。』我就不再多問了。

‧ 可以無大過 ‧

　　在我看來，學好母語粵語是踏腳石，好讓我們更容易用語言比較的學習方法學好一國之語 —— 普通話以及最重要的國際語言 —— 英語。不過，學習語文總要有系統，才會事半功倍。我在《粵音教學紀事‧正編‧語音訓練高級課程教學紀事》中的〈建議〉一節設計了一個粵、國、英語教學程序方案。這方案在研討會發表過，今天重閱仍然覺得既合理又可行。現引錄該節於後，供讀者參考。

建議

基於前幾節的分析，我試圖提出一個簡略的語文教學方案。

首先，我們要認同一個大前提：要學好一種語言，一定要會查該種語言的字典尋找正確讀音。所以，用粵音學習中文，最基本的要求是會查傳統的、有切語的字典和辭典以及有拼音符號的粵音字典和辭典，尋找每個中文字的正確粵讀。

要懂得怎樣用切語，首先要明白反切的原理：上字取聲母，下字取韻母；上字辨陰陽，下字辨平仄。聲母和韻母比較容易理解；陰陽和平上去入則須用天籟調聲法辨別。所以，用天籟調聲法或類似的方法調陰陽平仄，是每一位以粵語為母語的小學生的首要功課。中國每一個方言都應該有它的調聲法，聲調越多的方言調聲法越複雜。普通話只有四個聲調，調聲比較簡單；粵語有九個聲調，調聲就此較繁複。但是，天籟調聲法對小孩來說，只不過像一首極簡單的小曲，不消十多二十分鐘便琅琅上口。同樣方法對喪失了天然之致的成年人來說，便可能會困難得多了。所以，天籟調聲法一定要在

小學時學會，不要等待年長才去學。

　　會反切的另外一個先決條件是具備拼音能力。在香港，有不少教師和學生沒有拼音能力，他們不能從一個字音分出聲母和韻母，常把一個音節當作一個音素。這是從小沒有拼音訓練的後果。因此，自小學習運用拼音符號是必要的。能夠運用拼音符號還有兩個用處，第一是使本身的發音準確，第二是方便翻查一般粵音字典。當然，會運用粵語拼音符號，學習國語拼音、英語拼音和其他外語拼音也較容易，發音也較準確。拼音符號一定要從小學開始學習，尤其要注重〔ŋ-〕、〔n-〕、〔l-〕、〔-ŋ〕、〔-n〕、〔-k〕和〔-t〕等關鍵性的起音和收音符號，因為這些是粵語正音的關鍵所在。如果學生腦海裏有這些符號，當他們讀一些難以控制起音和收音的字，如『我』〔ˏŋɔ〕、『眼』〔ˏŋan〕、『男』〔ˌnam〕、『女』〔ˏnœy〕、『冷』〔ˏlaŋ〕、『杭』〔ˌhɔŋ〕、『得』〔ˈdɐk〕等的時候，這些符號便可以幫助他們正音。

　　小學時學會調聲和拼音，初中時便可以學習基本的反切原理，以及陽上作去和陽聲字送氣與不送氣等規律。學生掌握這些基本知識，翻查傳統的、有切語的中文字典和辭典便不難了。至於中古音三十六字母的音值和變化、等韻學知識等較專門的學問，可以留待高中才涉獵。學生有了基本的反切知識，再深入鑽研音韻學就

不會感到太困難。鑽研音韻學自然有助於粵語正音和粵音正讀。

香港是一個多語言社會，單是掌握粵語正音和粵音正讀是不夠的，我們還應該學好普通話和英語。只有這樣才能夠充分利用這個多語言社會給我們提供的機會。能夠講比較標準的普通話和英語，就等於能夠跟世界上過半數的人溝通，單在精神上已經是很大的滿足，更遑論在物質上一個能講多種語言的人可以得到的好處了。

香港政府用了不少金錢作為訓練高級公務員學習普通話之用。可是，每當我聽到某些高級公務員朋友講普通話時，我就感覺納稅人這筆錢可能是白費的。小時候沒有接受過好的母語語音訓練和好的英語拼音訓練，三十多四十歲才去學普通話，恐怕連單字的聲、韻、調也抓不牢，更不要談語句的抑揚頓挫了。

如果一個人從小就對母語的語音有較深入了解，又有機會通過拼音訓練掌握英語語音，縱使三十來歲才學普通話，大可用『語音比較』的方法，準確分析普通話的聲、韻、調，以及普通話語音和粵語語音的異同，說起普通話來便會比較像樣。總之，語音基礎是應該從小打好的，我們切勿讓下一代失去我們已經失去的機會。

說來湊巧，最近，一位教公務員普通話的老師便談起在一次拼音練習時發生的一件事。這個練習是由她念詞語，學員寫下相應的拼音；再由她說出答案，學員可以立即批改自己的練習。練習中的一個詞是『頭腦』。當她說出『腦』字的拼音是〔nǎo〕時，室內立即發生小騷動，驚詫之聲四起。原來大部分學員都把〔l-〕作為『腦』字的聲母。我一向認為母語發音不準確的人辨音能力會較低。這個故事正好為我提供了更多的資料。不少香港人日常講粵語把〔n-〕誤為〔l-〕，於是連普通話的〔n-〕也就自然而然地變為〔l-〕了。

　　說起〔n-〕誤作〔l-〕，我又想起另一個故事。去年初，我在中區一間百貨商店購物時，經過一個賣餐具的櫃台。那裏圍着好些人，櫃台上放着幾套餐具，分屬不同的顧客。其中一套餐具是三把餐刀，似乎是屬於一位外國男士的。我經過櫃台的時候，一位女售貨員正在用香港年輕人習用的急促、沒節奏的語調問那外國人：'Your life? Your life?' 那外國人呆了一陣子，然後猶豫地說：'Yes.' 那女售貨員便替他把三把餐刀放在紙盒裏面。我當時覺得奇怪，為甚麼那外國人不說：'Yes, and I don't want to lose it.' 或類似的『幽默』語句呢？後來想想，還是他的智慧比我高。因為不論你答得多諧趣，對方也不會明白，何必費唇舌呢？

那女售貨員講英語的方式其實只是香港時下一般年輕人講英語的方式，本來不值得大驚小怪。值得驚怪的是，為甚麼他們的語文教師容許他們的發音能力低劣到如此地步呢？那女售貨員用 'life' 來指稱三把餐刀，顯示了兩大問題。第一，當時有三把餐刀，應該是 'knives'〔naɪvz〕而不是 'knife'〔naɪf〕。是不是她連基本英文文法也不懂呢？有可能。但香港人講英語時把尾音吞沒是常有的事。女售貨員說不出 'knife' 的複數詞，可能是不懂文法，也可能是發音時草草了事成了習慣。這恐怕要待她把英文字寫出來才可以真相大白。第二個問題當然是把〔n-〕發成〔l-〕了。這無疑是把母語發音的陋習搬到外語去了。我在電視新聞常聽到很多接受訪問的香港人，把 'know'、'nice'、'not'、'now' 等英文字的〔n-〕聲母說成〔l-〕聲母，也是同樣道理。前些時，一位香港華人富商接受電視訪問時，用流利的英語說道：'There is low busiless that makes a loss. Busiless that makes a loss is lot busiless.' 這番話真令我難以忘懷。

我在這篇文章裏一直強調語音的重要性，因為我認為語音是語言的基本要素。但是，在打好語音基礎的同時，我們也不能忽略學習語言的其他兩個要素：語法和詞彙。學習非母語時，除了要先掌握該語言的語音外，繼而還要鑽研語法和擴充詞彙。當然，多講也是必要的。這是傳意和結構並重的學習方法，也是學好非母語的唯一方法。

我根據近年來語文教學的經驗，設計了一個簡表（表十九），提出了我對中、小學粵語、國語及英語語文教學的一點意見，作為這一節的終結。目前，一般學校在小一開始教英語，小四開始教國語。不過，隨着時代的轉變，很多學校可能不久便會在小一開始教國語。簡表是按照這個推論設計出來的。

表十九　香港粵語、國語及英語語文教學程序方案
（只適用於以粵語為母語之香港華人學生）

科目 年級	粵　語				國　語			英　語		
初小	粵語正音及粵音正讀	天籟調聲法			國語正音及國音正讀	國語初階		英語正音及英語標準音正讀	英語初階	
高小			粵語拼音				國語拼音			英語拼音
初中		反切初階		近體詩格律		國語中階			英語中階	
高中		反切中階								

備　考

天籟調聲法：鼻韻音調聲法：陰平、陰上、陰去、陰入；陰平、陰上、陰去、中入；陽平、陽上、陽去、陽入。非鼻韻音調聲法：陰平、陰上、陰去；陽平、陽上、陽去。數字調聲法：「三九四七、三九四八、零五二六。」

反切初階：口訣、陽上作去、送氣與不送氣、韻母近移。

反切中階：中古音與粵音的對應。

近體詩格律：五七言平仄起式、特殊形式（包括拗句）。

國語初階：發音、調聲、造句、作短文、朗讀。

國語中階：語法、作文、會話。

英語初階：字母、發音、造句、作短文、朗讀。

英語中階：語法、作文、會話。

虛線表示授課以傳意爲主，旨在誘發學習動機。

學生學會調聲法後，宜先認識自己姓名的聲調，然後再擴展出去。中文教師教生字時，宜指出該字粵讀的正確聲調。拼音符號宜分期講授。語文教師教生字時，宜一併寫出和該字相應的全部或部分拼音符號。

・ 方可方不可 ・

　　論發音和語法，國粵英三語中我最擔心是香港人的英語。英語和漢語是截然不同的語言，屬於不同語系，源於不同的思想模式。除非英語也是我們的母語，否則學英語就和學其他非母語一樣，如果不由發音和語法入手，我們便不會有能力和自信去駕馭它。

　　港式英語的發音，說得危言聳聽一點，其實已經接近不可救藥的地步。我在本書第二部第三章會較詳細地談及。港式英語的語法也大有問題。欠缺足夠的語法訓練，一個以中國語為母語的人自然會以母語的表達方式主導他的英語。比如說，'I suggest you to go home now.' 和 'Your cooperation will facilitate us in our discussions.' 便是兩個典型的中式英文錯句，分別來自『我建議你（＋動詞）』和『方便我們（＋動詞）』兩種中文表達方式。正確的寫法和講法當然是 'I suggest (that) you go home now.' 和 'Your cooperation will facilitate our discussions.'

　　再基本一點，簡單如表示複數的〈s〉和表示領有狀態的〈's〉，一個以中國話為母語的人也未必能妥善處

理。中文的複數形式向來不明顯，『一個人』和『三個人』都只是一個『人』，我們不會說『三個人們』。於是當我們說英語和寫英文時，便往往變複數為單數。例如，我們難以理解 'The firm's headquarters is in New York.' 的語法，於是把 'headquarters' 說成和寫成 'headquarter'。我們一樣難以理解 'We came to a crossroads.' 的語法，於是把 'crossroads' 說成和寫成 'crossroad'。不過英文名詞卻沒有 'headquarter' 和 'crossroad'。某酒店大堂豎了一個告示牌，標題是 'Directory of Event'，但下面寫着的卻總是不止一個 event。事實上 '(a/the) directory of' 後面哪能放一個單數名詞呢？所以這標題一定是華人寫的。

作為正式稱謂，『校長室』和『王先生辦公室』並不會被說成『校長的室』和『王先生的辦公室』，於是當我們說英語和寫英文時，'(the) president's office' 便往往會變成 '(the) president office'，'Mr. Wong's office' 便會變成 'Mr. Wong office'，'(the) cashier's office' 便會變成 '(the) cashier office'。華人很不習慣在英文字尾用〈s〉，所以說英語的時候，'one house' 固然是 'one house'，但 'two houses' 卻說成 'two house'，以免在一個〔s〕尾音後再添一個〔s〕（其實是〔z〕，〔haʊs〕的複數是〔ˈhaʊzɪz〕）尾音那樣累贅。同樣地，'checks and balances' 會被說成和寫成 'checks and balance'，因為 'balance' 已經有〔s〕音收尾。我們也會把 'for educational purposes' 說成和寫

成 'for educational purpose'，把 'for health reasons' 說成和寫成 'for health reason'，以及把 'on compassionate grounds' 說成和寫成 'on compassionate ground'。而 'purpose'、'reason' 和 'ground' 前面卻沒有一個 indefinite article。那就不像英語了。看來我們真要推行一個『〈s〉計劃』，鼓勵香港人不要吝嗇〈s〉字母。

但故事還沒結束。'I haven't yet managed to put pen to paper.' 的下半句是一個 formal expression，也是一個 idiomatic expression，'pen' 和 'paper' 前面並沒有任何冠詞；'your room is in a shambles.' 的下半句是一個 informal expression，也是一個 idiomatic expression，'shambles' 前面一定要放 indefinite article 'a'。和 'crossroads' 不同，'shambles' 難懂，所以沒有人敢刪去字末的〈s〉。於是有些比較喜歡用 idioms 的人便會說：'Your room is in shambles.' 以為這樣做便不會產生語法問題。這就大錯特錯了。如果英語是我們的母語，我們不假思索便會善用那些 idiomatic expressions，也不必刻意去理解箇中邏輯。如果英語不是我們的母語，我們初學時根本就不會有信心說那些不尋常的句子。單靠傳意法不能令初學者建立起信心來，只會令他們因無所適從而永遠學不好非母語英語。初學者除了要多 communicate 外，也一定要好好地學習英語語法，先掌握『常規』，才可以掌握『例外』。

誰之過？

due to many members cannot attend the meeting intime, we are still checking members' availabil	X
I will suggest you to donate some money	X
you will have chance	X
while your car on the way out	X
rning & the details are as follow:	X
No. of Day 24	X
HEADQUARTER	X
ATTN: CASHIER OFFICE	X
d return to "The Controller Office,	X
Administration Wing of the Chief Secretary for Administration's Office Room 703, West Wing, Central Government Offices 11 Ice House Street, Central, Hong Kong.	√

• Kill you later •

　衍生工具 accumulator，中文叫『累計股票期權』。
如果帶有槓桿成分的話，這種期權可以讓投資者於合約
年期內以相當大的折讓價買入指定數目的股票。但股值
跌穿該折讓價時，投資者便要以原折讓價雙倍接貨，直
至合約期滿為止。因為這種衍生工具風險高，所以行內
人便謔稱 accumulator 為 'I'll kill you later'。至少我以為
行內人這樣說。

　2008 年發生了『金融海嘯』，很多投資這種衍生工具
的人因為要雙倍接貨而損失慘重，於是報章和雜誌都爭
相報道 accumulator 的殺傷力。令我吃驚的是，我所看
到的報章和雜誌原來都並不謔稱 accumulator 為 'I'll kill
you later'，而是謔稱它為 'I kill you later'。這個謔稱便
不合語法了。

　論諧音，'accumulator' 讀〔əˈkjuːmjʊˌleɪtə(r)〕，謔稱
中的 'later' 和 'accumulator' 的最後兩個音節同音。但 'I
kill you' 讀〔aɪ kɪl juː〕，和 'accumulator' 頭三個音節並非
同音。既然並非同音，那麼讀〔aɪl kɪl juː ˈleɪtə(r)〕豈不更

好？起碼這樣讀完全合語法，不會被人笑我們不懂英文。

　　發明 'I kill you later' 這謔稱的人可能受了 'See you later!' 句型的影響，卻不知道 'See you later!' 和 'See you!' 前面都隱藏了 'I'll'；同樣地，'Be seeing you!' 和 'See you around!' 前面也隱藏了 'I'll'。'I kill you later' 是一個不應該存在的句子，它使我覺得香港的英語已經被我們殺死。

第三章　百川東到海

・履霜堅冰至・

2008 年十月五日星期日晚上，即重陽節前兩天，我留在家裏檢視積壓了幾年的舊卷宗，以決定它們的去留。那天處理的都是我在香港中文大學當教務長時的私人書信。檢視時，赫然發現一封我早已遺忘的傳真信件。寫信的人我當時並不認識。現在我也不認識他，卻知道他是誰。那封信在 1997 年三月十八日傳真到中大給我，語氣謙卑誠摯。他道出了姓名和身分，說了些客套話，然後寫道：

> ……『去蕪存菁』的『蕪』字，她小時候老師教讀『虎』音的，現大部〔分〕人及字典皆唸作『無』音，還笑她讀錯……我查《辭源》是武夫切，注音wú，理應可唸作『撫』音……而『刪太〔原文如此〕繁蕪』也是可讀『虎』的……但在下不才，未敢下判定，故造肆打擾……晚輩電話是……傳真是……

當晚，我再次看到這封早已遺忘的信，立刻記起

十一年半之前初看這封信時的反應：他是知識分子，但竟然連『武夫切』也看不明白。再者，既然『蕪』字普通話讀〔wú〕，那就是讀如『無』，怎會『理應』可讀如『撫』呢？『撫』的普通話讀音是〔fǔ〕，聲母和聲調都不同。『武』是陽聲字，『夫』是平聲字，上字辨陰陽，下字辨平仄，『武夫』切出來便是一個陽平聲字，即表示『蕪』字要讀陽平聲；而『撫』是陰上聲，『武夫切』怎可以讀如『撫』呢？『武』的粵讀是〔m-〕聲母，所以『蕪』字讀〔m-〕聲母；而『撫』字的聲母是〔f-〕，『武夫切』怎可以切出『撫』音呢？

我當時的確想過打電話給他，當是交個朋友。但接着我想一想，他既然是知識分子，我怎好意思在電話中讓他知道他連最基本的反切方法都不懂呢？當時我也實在沒心情打電話重複一些教切音的書籍必提及的老生常談。終於我放棄了打電話的念頭，改為用藍色原子筆把『武夫』兩字圈住，然後往右拉一條尾巴，在尾巴盡頭寫着『音無』兩字，便交給同事傳真回覆，並把來信存檔。之後整件事便從腦海中消失。

後來，這位謙卑有禮、不恥下問的發信人便成為粵音正讀和我的抨擊者。

回憶過後，我不禁自責。我想，如果我當天和發

信人通一個電話，或許能夠導他於正途。只不過，我自 1996 年當了大學教務長之後，因事務羈纏，並不熱衷『教人』。現在，我的私人卷宗還保留着各電台、電視台，以至報社和其他機構傳真過來查問讀音的信件。因為我辦公室的同事做事認真，公私文件全不遺漏，我才會有今天的完整材料。那些日子，每當我看過問讀音的信件後，便會翻查字典，寫下正讀，傳真回覆，一般都不會回電話。我明白問讀音的人，所要的就是正確讀音。他們假設、期望和相信我會提供正確、有權威性的讀音來應急，並非想跟我學查字典。他們未必懂得反切和拼音，這就是香港人的通病，是拜教育當局所賜的；但他們都尊重正宗字典的讀音，這一點就不容置疑。不然他們便不會要我提供讀音。即如我的抨擊者，他要尋求正確讀音時，何嘗不查切音字典？只不過他無法從『武夫切』中擬出正確粵語讀音，又不知道〔wú〕就是『蕪』的普通話讀音而已。『武夫切』是一個很淺易的切語，《廣韻》上平『虞』韻的『無』、『蕪』、『誣』、『巫』等字都讀『武夫切』。『武夫切』轉化成粵讀只須做一個輕而易舉的『韻母近移』，我在 1987 年出版的《粵音平仄入門》和 2001 年出版的《粵音自學提綱》都提及『韻母近移』，並不難懂。

• 來者如今 •

2008 年十月三十日星期四晚上，我應邀往香港城市大學演講。主辦單位是中文、翻譯及語言學學科聯會幹事會，會長是溫子祺同學。我在 2004 年已經認識溫同學。事緣當年有一天，沙田民政事務專員打電話給我，說某星期六下午有一個沙田區中學校際粵語正音比賽，是沙田區議會主辦的，如果我有空不妨去看看。碰巧那天我真的有空，於是懷着一點好奇心便去湊湊熱鬧。殊不知竟然親眼見證其中一位參賽的中學生每答必準，平仄、反切、拼音，沒有一個項目能難倒他，使我為之動容。終於，他的學校順理成章地拿了冠軍。這位學生就是溫子祺。後來他進了城大，當了聯會會長，便邀請我作一次演講，為他們打打氣。我於是以〈語文學習縱橫談〉為題，為城大同學作了那次演講。

演講的內容包括粵語、普通話和英語的學習方法，但聽講的同學似乎對粵語最感興趣。他們感興趣的不是如何學好粵語，而是為何要學好粵語，問答漸漸變得不切實際。我靈機一觸，對溫子祺說：『會長，我給你一分鐘，請告訴我「武夫切」粵語怎樣讀。』跟着我便繼續

講話。一分鐘過後，我問溫同學：『「武夫切」該是哪個字？』溫同學說：『該是「有無」的「無」。』我一邊在黑板上寫出『無』字，一邊說：『一百分。』場內登時掌聲雷動。接着我便問在座的一百多位聽講同學誰會切音，卻沒有一個人舉手。我不禁說了一句：『香港政府對不起你們。』

2009 年 9 月，香港大學中文學院二年級學生江彥希發了一個電郵給我，說他打算以韻書和粵音的關係為題，撰寫畢業論文，希望我能予以提點。九月十二日星期六下午，我和江彥希同學見面。他呈上數頁紙的研究計劃書給我看。我看罷便說：『如果切音能力不足，論文的內容便會流於空泛，立論便不會精當。讓我先試試你的切音能力。請告訴我「武夫切」怎樣讀。』江同學低聲自語半分鐘，然後說：『讀作「無」。』『哪個「無」？』『「有無」的「無」。』我立即拍案叫好，終於和他談了兩小時。其間，我問江同學畢業後打算做甚麼，他說打算教書。我說：『你日後的學生有福氣了。』

· 任重道遠 ·

上世紀八十年代後期，我在香港中文大學校外進修部（現已改稱『專業進修學院』）開設了『粵音平仄入門』一課，並且親自教了幾年。我不止一次對聽講的中小學校長和教師說：『你們如果不會查字典，當然不會鼓勵學生查字典。你們甚至會叫學生不用查字典。因為你們會害怕學生向你們求教平仄反切。問題就在於你們的身分和地位。因為學生視你們為權威的化身。你們不可能在學生面前承認連字典也不會查，所以只能搬出兩個不查字典的理由：第一是平仄反切這些東西進大學才學未遲，第二是反切和現代社會脫節，不用學。如果你們用的是第一個理由，學生就可以說：「老師既然讀過大學，一定會查字典。這個字很生僻，我找不到讀音，請問老師怎樣讀？」如果那個字不見於粵音字彙怎麼辦？你們可能認為《辭源》除了反切還會注直音，所以看直音便成。那就危險了。因為直音並非粵語讀音，如果你用直音，那就很容易讀錯字，因而教錯了學生。當然，如果你教錯學生是神不知鬼不覺的，你就不會惹麻煩。但如果學生回來告訴你，他爸爸不是這樣讀，並且想請問老師根據哪本字典哪個切音，那麼場面就尷尬了。如果你說平

仄反切沒用，那麼學生可能會問：「甚麼才有用呢？」如果你說看粵音字彙便足夠，那麼遇到冷僻的字，粵音字彙不收，你能否避免翻查較詳細的反切字典呢？如果不同的字彙給同一個字注不同的音，我們根據甚麼標準作出選擇呢？所以第二個理由也未必成立。而問題還是未能解決。所以，與其逃避問題，不如正視問題。學習分辨平仄，運用反切，切出漢字的粵語讀音，然後鼓勵和指導學生如何查字典，才是最積極的方法。」

但當我看見他們學得那樣吃力時，我便不禁想，如果他們讀小學時學平仄，讀中學時學反切，便不用這樣痛苦了。

・ 過也必文 ・

我在八十年代跟學員談及的第二個理由，是比較常用的。它的好處在斬草除根。只要沒有人追問你如果看見一個不會讀的字怎麼辦，你便可以逍遙法外了。

我在 2007 年初版的《粵讀》一書序文中提及一位專欄作家王君，他用的正是這個理由。我有這樣的猜想：王君大抵不會查字典，所以常常讀錯字。後來自覺輩分漸

高，不甘遭人譏笑，於是把他的報紙專欄文章輯錄成書，名為《廣府話救亡》，廣送政府部門和學校，徹底否定反切字典甚至粵音字彙的實用價值，試圖以誤為正，挽回面子。這是一個典型的心理學案例。該書的重點如下：

論據

(1) 王君懂音韻學 —— 他是近代音韻學家王力教授的學生（該書頁 19）。

(2)《廣韻》只載五聲，粵音卻有九聲，中古音和粵音無法對應 ——『廣府話有九聲，《廣韻》祇有五聲，倘全依《廣韻》，廣府話便有四聲作廢。摧殘方言，莫此為甚。』（該書頁 148）

(3) 中古反切法切不出粵音，只能切出國語音 ——『「相」、「尚」、「向」等字，莫非都要依韻書「正音」為「息良切」、「時亮切」、「許亮切」？若如是，不如明令公布禁止講粵語。這些字，照粵音讀法，「相」字如果拼為「息良」，那就是「常」音，除非提高聲調，否則讀不出「相」（「雙」音）；「尚」字讀「時亮切」，依粵音來切，則是宰相的「相」音；「向」字亦然，那就幾乎是要用國語來取代廣府音了。』（該書頁 101）

結論

　　王君的結論是：《廣韻》系統的切語是為國語而設

的，與粵音無關，所以不應該使用——『查《廣韻》來正廣府話的音，實際上等於將廣府話來「國語化」，亦即是廢棄廣府話。……倘如將他認定為「正音」的字，用國語來讀，你就明白是甚麼一回事了。』(該書頁 105)

餘論

最後，王君認為粵讀不能依靠《廣韻》，只能依靠口耳相傳。王君更推介一堆他認為是口耳相傳的『正讀』給讀者，例如：『綜合』的『綜』要讀如『忠』，『錯綜』的『綜』才讀如『眾』；『姓樊』的『樊』要讀如『飯』，『樊籠』的『樊』才讀如『煩』；『革命』的『革』要讀如『甲』，『改革』的『革』才讀如『格』；『活躍』的『躍』要讀如『約』，『躍躍欲試』的『躍』才讀如『藥』；『愉快』的『愉』要讀如『預』，『歡愉』的『愉』才讀如『娛』。又例如：『簷』要讀如『蟬』，不能讀如『嚴』；『渲』要讀如『宣』，不能讀如『算』；『恬』要讀如『忝』，不能讀如『甜』；『銘』要讀如『皿』，不能讀如『名』；『漪』要讀如『倚』，不能讀如『依』(該書頁 246-248)。

王君的論據都是匪夷所思的，足見他勇氣有餘，知識不足；並且充分反映了當時行險僥倖的心態。王君雖然是王力的學生，但他到底不是王力。他甚至連王力的著作也可能沒看過。王力在《漢語音韻學》一書第二十二節中說：『《廣韻》上去入聲各一卷，惟平聲韻分上下兩

卷，而有上平聲一東二冬，下平聲一先二仙等字樣。普通人很容易誤解其意以為上平與下平不同。』另外，王力在《漢語音韻》一書第四章〈注一〉中又說：『平聲字多，分為兩卷。上平聲、下平聲只是平聲上、平聲下的意思，不可誤為陰平、陽平的分別。』可見王力很擔心我們因誤解『上平聲』和『下平聲』的意思而鬧笑話。專欄作家王君正好鬧了這個『《廣韻》有五聲』的笑話。

至於所謂『有四聲作廢』更是天大笑話，連王力也無法預知有人會有這樣奇怪的想法。中古平上去入四聲是不包括清濁的。包括清濁的便是『八聲』（或『八調』）。粵音九聲（或『九調』）是包括陰陽的，如果不包括陰陽便是平上去入四聲。中古音和粵音對應得非常好，並沒有聲調『作廢』。不過，研究音韻的只講『分派』，不談『作廢』。像元代《中原音韻》便講『平分陰陽，入派三聲』。我的業師羅忼烈教授是廣西合浦人。合浦話有七聲：陰平、陽平、上、去、陰入、中入、陽入。中古音清聲母和濁聲母上聲都讀上聲，不分陰陽，中古音清聲母和濁聲母去聲都讀去聲，不分陰陽。羅老師一樣用反切擬音，並無困難，只不過要多記一些口訣。後來，羅老師移居廣州和香港，所以也能分粵音的陰上陽上、陰去陽去，使他更能善用反切，斟酌陰陽，成為一代詞宗。事實上，尋求正讀，除了反切字典還有甚麼字典可用？至於用多少聲調要『作廢』為理由而反對用反切，那簡直就是廢話。

王君以王力為師，卻不認真地看王力的書，所以誤以為《廣韻》分設上平、下平、上、去、入聲五卷便等於分載五個不同的聲調。王君既然以我為攻訐對象，更應該明白『知己知彼，百戰不殆』的道理。他要摧毀我的理論，卻又不細閱我的書查找錯漏，因此便不知道反切『上字辨陰陽，下字辨平仄』的道理，始終無法運用反切切出正確聲調。我在 1987 年出版的《粵音平仄入門》和 2001 年出版的《粵音自學提綱》都介紹過粵音反切的口訣：『上字取聲母，下字取韻母；上字辨陰陽，下字辨平仄。』王君不察，於是便說『息良切』讀不到『相』，『時亮切』讀不到『尚』，『許亮切』讀不到『向』。如果王君知道反切上字才用來辨陰陽，而不是下字用來辨陰陽，他便不會錯誤處理上述三個切語了。『息良切』的『息』是陰入聲，『良』是陽平聲，『息』、『良』相合便成陰平聲；所以『相思』的『相』字讀陰平聲，並非如王君所說的『息良切』讀作陽平聲的『常』。『時亮切』的『時』是陽平聲，『亮』是陽去聲，『時』、『亮』相合便成陽去聲；所以『尚』字讀陽去聲，而不是讀作陰去聲的『宰相』的『相』。『許亮切』的『許』是陰上聲，『亮』是陽去聲，『許』、『亮』相合便成陰去聲；所以『向』字讀陰去聲。『許』是『曉』母字，所以『許亮切』的粵讀不可能是『宰相』的『相』。

　　王君不懂反切『上字辨陰陽，下字辨平仄』的道理，因而無法切出漢字的正確粵讀，所以他便通過豐富的想

像力，認為反切只能切出國語讀音。他竟然不知道《切韻》、《唐韻》、《廣韻》面世的時候，中國還沒有『入派三聲』的國語；他竟然也不知道國語既然沒有入聲，便不能納入《廣韻》系統。這就是『思而不學則殆』的明證。

　　我從未遇見過懂得反切卻又反對反切的人。懂得反切而持包容態度的就比較常見。朱國藩博士和我合編《粵音正讀字彙》時，都持比較包容的態度。該書〈凡例〉第十一條說：『凡據《廣韻》或同系統韻書所載反切切出的讀音，則視為正讀。如該正讀另有沿用已久、習非勝是的誤讀，則前者為「正讀」，以 ㊣ 號表明；後者為「口語音」，以 ㊥ 號表明。如正讀今已不用而為其誤讀所取代，則前者為「本讀」，以 ㊧ 號表明；後者為「今讀」，以 ㊥ 號表明。因本讀已不用於讀書音或口語音中，本書不予條錄，只在該字的「今讀」下注明「本讀」為何。本書所錄粵音以讀書音為主，只在特殊場合注明口語音。』〈凡例〉第十二條說：『口語變調不予收錄，日久不能還原的變調則視作口語音或今音。』由此可見，我們採取了『嚴處論寬』的方針，在官訂韻書的規範內騰出變化空間。至於王君因不懂反切而產生的錯讀和數十年來跟不同播音員學回來的錯讀，卻不一定符合上面〈凡例〉所說的條件。

　　王君不惜工本，到處寄贈《廣府話救亡》一書，意圖令讀者接受他的錯讀。我們看了這本書都感到非常

驚訝。如果不是親眼看過王君的贈書，我們是絕對不會相信一位建立了聲譽的專欄作家竟然有勇氣不遺餘力地自毀聲譽的。我們理解王君因羞憤而急於自圓其說的苦衷。但是欲速則不達，不讀書怎能寫出道理來呢？2007年，香港粵語正音推廣協會誠意邀請了著名學者劉衛林博士撰寫〈《廣府話救亡》審閱報告〉，詳細指出該書的錯誤。讀者暫時可點擊 https://chinese.hkep.com/scripts/chinese/index.php?itemid=psys（香港教育圖書公司 —— 學科網）閱讀劉博士的報告，一定獲益匪淺。

王君的贈書為大學的同事們提供了寶貴的反面教材，令教學更添趣味。可是，這本書同時也響起了警號。如果大學的中文教師不把基本音韻知識傳授給他們的學生，政府便不會有懂得如何查中文字典的教育官員，中小學便不會有懂得如何查中文字典的中文老師。清代學者江永在《音學辨微・辨翻切》中說：『讀書而不知切字，訛讀必多；為師而不知切字，授讀必誤；著書而不知切字，流傳必謬。』切字是基本音韻知識的一部分，也是保存和弘揚我國傳統文化的基本要求。做老師的可以不重視嗎？

香港教育圖書公司 —— 學科網

第四章　離離山上苗

專欄作家王君誤以為我的影響力很大，所以來不及讀書便要寫文章削弱我的影響力。王君的《廣府話救亡》序文的題目是〈反謀殺，盡微力 —— 挑戰何文匯〉，序文中說自己『童年即讀音韻的書』，又受教於音韻專家王力，所以才『敢挑戰何文匯博士教授』。終於鬧出《廣韻》上平、下平、上、去、入五聲不能配粵音九聲的天大笑話。其實王君可以放心，我的影響力並不大。至少我提供的粵讀，王君並不接受。王君要人接受的粵讀都是他跟不同的播音員學的。他該是跟不同的播音員學的，因為他的錯讀比任何一位播音員都要多。

肆意批評和醜化我的人不一定看過我的書。即如王君便未必看過我的書，不然他便不會不知道《廣韻》五卷分載平、上、去、入四聲，並沒有第五聲；不然他便不會不知道反切『上字辨陰陽，下字辨平仄』的規矩，也不會無知到寫文章說《廣韻》的『息良切』切不出『相思』的『相』，只能切出『平常』的『常』。連要寫文章抨擊我的王君都未必看過我的書，我還有甚麼影響力？

我在互聯網上看到不少以我為取笑對象的故事，以下的一則寫得頗有趣。故事說，有一天我打算去鰂魚涌，於是跳上一輛計程車，對司機說我要去『賊魚湧』。司機和我無法溝通，於是拒絕往前走，我只好悻悻然下車。

　　這使我想起宋人筆記。宋人喜歡聘用一些無行文人寫筆記醜化政敵；又有些文人藉名家的詩詞編造故事，繪影繪聲，使其文字流傳後世。北宋張先有〈一叢花〉詞，下闋云：『雙鴛池沼水溶溶，南北小橈通。梯橫畫閣黃昏後，又還是斜月簾櫳。沉恨細思，不如桃杏，猶解嫁東風。』南宋《綠窗新話·卷上·張子野潛登池閣》引《古今詞話》：『張先，字子野。嘗與一尼私約。其老尼性嚴。每臥於池島中一小閣上，俟夜深人靜，其尼潛下梯，俾子野登閣相遇。臨別，子野不勝惓惓，作〈一叢花〉詞以道其懷。』因一句『梯橫畫閣黃昏後』（《綠窗新話》作『橫看畫閣黃昏後』，恐是傳鈔之誤），便說張先與小尼姑私通，充分顯出作者豐富的想像力和邪惡的念頭。

　　我的名字和它所代表的理念可能會產生一些影響，起碼世界上多了好幾則和我有關的笑話。但我所寫的關乎正音正讀的書肯定沒甚麼影響力，因為說話最有影響力的人 —— 播音員，一般都不會看這些書。

覆蓋

　　我的第一本談粵音的書——《粵音平仄入門》於 1987 年初版。書中〈近體詩格律·律詩選讀〉一節所引第四十四首和第九十首律詩都有一個『覆』字。第四十四首是戴叔倫的〈客夜與故人偶集〉，第三聯是『風枝驚暗鵲，露草覆寒蛩』，我在每字下標出的聲調是『陰平·陰平·陰平·陰去·中入，陽去·陰上·陽去·陽平·陽平』。又加附注云：『「覆」，《廣韻》：「敷救切。」陰去聲，解云：「蓋也。」又：「扶富切。」陽去聲（「富」字屬「宥」韻），解云：「伏兵曰覆。」又：「芳福切。」陰入聲，解云：「反覆，又敗也，倒也……」又：「匹北切。」無釋。是以「覆」字作「覆蓋」解（如「天覆地載」）定要讀去聲。現今粵音不用陰去，只用陽去，讀如「阜」（〔_feu〕），「阜」字陽上作去。』

　　第九十首律詩是李商隱的〈無題〉，第三聯是『隔座送鈎春酒暖，分曹射覆蠟燈紅』，我在每字下標出的聲調是『中入·陽去·陰去·陰平·陰平·陰上·陽上，陰平·陽平·陽去·陽去·陽入·陰平·陽平』。我在 2006 年版本又補附注云：『「覆」作「遮蓋」解，不能讀作陰入聲。』

　　從小，我們便聽老師說：『「天翻地覆」的「覆」讀入

聲，「天覆地載」的「覆」讀去聲。』天地覆育萬物，父母對子女有覆育之恩，『覆育』即掩護長育，『覆』字讀去聲。『射覆』是藉提示而猜度掩蓋之物，所以『覆』字讀去聲。老師這樣教我們，我們查過字典證實無誤之後也這樣教學生。可是，『覆蓋』和『覆蓋面』兩詞南來之後，播音員立刻讀『覆』為『複』，今後『「阜」蓋』一詞便變成怪讀了。所以說，我哪有影響力？

向隅

從前，香港的報章和電台常用『向隅』一詞。『向隅』本指面向室內一角悲泣，其後比喻失望。以前有新電影上映，廣告都會寫着『欲免向隅，請早訂座』或『欲免向隅，購票從速』等字句。如果是電台廣告，便由播音員讀出來。在《廣韻》，『隅』字讀『遇俱切』，和『虞』、『愚』、『娛』等字同切。『遇』是陽去，『俱』是陰平，上字辨陰陽，下字辨平仄，所以『隅』字讀陽平聲，粵讀與『愚』字同音。『向隅』一詞本來沒有人讀錯。到了七十年代末，新的播音員開始讀『向隅』為『向「遇」』，『隅』字由陽平變為陽去，這讀法很快便流行起來。所以我在《粵音平仄入門》列出的一百個『日常錯讀字』，『隅』字是其中之一。同書〈近體詩格律‧律詩選讀〉第十三首是王維的〈終南山〉，首聯是『太乙近天都，連山到海隅』。我在每字下標出的聲調是『陰去‧中入‧陽去‧陰平‧陰平，陽平‧陰平‧陰去‧陰上‧陽平』。第一句平收，所以用韻。

第二句一定平收和叶韻，別無選擇。所以讀過王維的〈終南山〉五律，便一定知道『隅』是平聲字。

　　這裏順道一提。近體詩第一句如果用平聲收，那平聲一定是韻腳，絕不能不押韻。〈終南山〉第一句用『都』字押韻，『都』字在《廣韻》屬『模』韻；第二句用『隅』字叶韻，『隅』字在《廣韻》屬『虞』韻。『虞』、『模』二韻通用。是以『平水韻』把『模』韻納入『虞』韻。

　　現在，我們已經甚少用『向隅』一詞，本來大可把『隅』字忘掉算了。怎知最近國內有一家叫『金隅』的公司在香港上市，於是一時間『金「愚」』與『金「遇」』齊發；更有甚者，在同一個電台節目中，主持人甲讀『金「愚」』，主持人乙讀『金「遇」』，各自表述，互不干預，這便製造了混亂的資訊，對聽眾還是有欠公平的。其實，遇到類似的情形，為甚麼不立即翻查字典呢？

愉快、活躍

　　錯讀聲調是常有的事情。我於 1976 年回香港工作後不久，便發覺有兩個常用字讀錯了聲調。第一個是『愉快』的『愉』，第二個是『活躍』的『躍』。『愉』的《廣韻》讀音是『羊朱切』。『羊』是陽聲，『朱』是平聲，合而為陽平聲。『愉』一向都讀陽平聲，像『愉景灣』、『愉園』的『愉』我們都讀如『瑜』，沒有讀錯；但當時有電視藝員卻

把『愉快』讀成『「愈」快』，錯了平仄。這個讀音一發不可收拾，到了今天，不少藝員和節目主持人都仍然誤讀『愉快』為『「愈」快』，一般市民更不待言了。

『活躍』的『躍』的《廣韻》讀音是『以灼切』。『以』是陽聲，『灼』是入聲，合而為陽入聲，粵讀與『藥』字同音。其後電視藝員把『躍』的聲調稍微提高，成為中入聲，與『約』字同音。於是一傳十萬，十萬傳百萬，這個『約』的讀音到今天已經確乎其不可拔。這個讀音到底還保留了入聲調，遠不及『「愈」快』錯得嚴重。

說到錯讀聲調的字，何止『愉』和『躍』。現在常聽到的還有『逾（陽平聲）期居留』讀為『愈（陽去聲）期居留』、『始終不渝（陽平聲）』讀為『始終不愈（陽去聲）、『考試（陰去聲）』讀為『考市（陽上聲）』、『大使（陰去聲）』讀為『大市（陽上聲）』、『翱（陽平聲）翔』讀為『傲（陽去聲）翔』、『傾瀉（陰去聲）』讀為『傾社（陽上聲）』、『宿舍（陰去聲）』讀為『宿社（陽上聲）』、『社（陽上聲）會』讀為『舍（陰去聲）會』等。看來新的例子還會接踵而至。

紀錄、食肆、迴旋處

如果要選三個我最希望播音員不要再錯讀聲調的字，我會選『紀錄』、『紀念』、『紀律』的『紀』，『食肆』、

『放肆』的『肆』和『迴旋處』、『警務處』的『處』。我選這三個字，因為它們還未錯得一乾二淨。

　　『紀』字的《廣韻》讀音是『居理切』，陰上聲，和『己』字同音，別無他聲。『紀』的本義是把一線一線的絲理好，所以有『整理』的意思。『紀錄』的『紀』和『記錄』的『記』相通，但並不代表『紀錄』可以讀作『記錄』。『紀律部隊』的『紀』解作『法則』，是由『整理』引伸而來的，與『記』無關，更不能讀成『記』。普通話把『紀』字讀成『記』，影響了不少香港人，包括播音員，使他們以為『紀』本就應該讀作『記』，其實這是我們不查字典所引致的自卑感作祟而已。但是『經紀』、『世紀』、『年紀』的『紀』字播音員卻不會跟從普通話讀成『記』。正因為我們沒有讀錯『經紀』、『世紀』和『年紀』，我更希望我們也不要讀錯『紀錄』、『紀念』和『紀律』。

　　『肆』字的《廣韻》讀音是『息利切』，陰去聲，和『駟馬難追』的『駟』同音。『放肆』的『肆』我們從來沒讀錯。不過讀到現在政府常用的『食肆』一詞的時候，電視台的記者和主播可能並不知道『肆』解作『舖子』，只覺得『放肆』的『肆』的讀音不像和食物有關，所以把『食肆』讀成『食「市」』，起碼可以使人聯想起食物。

　　談『迴旋處』的『處』字，就得先談『官署』的『署』

字。『署』的《廣韻》讀音是『常恕切』，陽去聲，但現在我們卻讀陽上聲。根據英國人 Herbert A. Giles 於 1892 年初版、1912 年再版的 *A Chinese-English Dictionary*，『署』字的北方話讀音當時已經是上聲、等同現在的〔shǔ〕；粵語就有兩個陽上聲讀音、等同現在的〔╱sy〕和〔╱tsy〕。現在很難說這個上聲讀法是否受了北音影響。黃錫凌於上世紀四十年代初出版的《粵音韻彙》也紀錄了『署』字的〔╱sy〕和〔╱tsy〕兩個讀音。我還趕得及聽我的長輩讀『署』為〔╱sy〕。現在〔╱sy〕音已經消失，大家都讀『署』為〔╱tsy〕。我們就視這個為『習非勝是』後再『約定俗成』的讀音吧。

當〔╱sy〕音消失後，年輕一代便開始混淆『署』（〔╱tsy〕）和『處』（〔‾tsy〕）的讀音。現在很多播音員已經讀『處』為『署』而不知『處』有〔‾tsy〕音。於是『迴旋處』便讀成『迴旋署』，『警務處』便讀成『警務署』，和『建築署』的『署』一樣。這個混淆情況的始作俑者是香港政府。政府的官署既名『署』，又名『處』，正是造成『署』、『處』混淆的原因。

『處』有兩個聲調。其一是《廣韻》的『昌據切』，陰去聲，是『處所』、『用處』、『警務處』、『迴旋處』的『處』應有的聲調。其二是《廣韻》的『昌與切』，陰上聲，是『處理』、『判處』的『處』應有的聲調。現在新一代的播音

員先是把『處理』讀成『署理』，把『判處』讀成『判署』，進而把作為名詞的『處』也讀為『署』，於是『處』的陰去聲讀法便只會以它的變體保存在口語〔ˌlɛi ˈni ˉsy〕（來這裏）之中。

介乎

只要出自播音員之口，不但錯讀，甚至錯誤的語法也一樣有人承接。還記得上世紀九十年代初，某電視台一位新聘的天氣報告員習慣以『介乎喺』代替慣用的『介乎』。比如說，她會以『氣溫介乎喺 28 至 32 度之間』代替『氣溫介乎 28 至 32 度』或『氣溫介乎 28 至 32 度之間』。當時聽者譁然，於是有打電話去電視台投訴的，也有在報紙上寫文章加以嘲諷的。那位天氣報告員在熒光幕上出現了約一年便不復見，但『介乎喺』已經傳染給其他播音員了。

處於二者之間曰『介』。《左傳‧襄公三年》：『以敝邑介在東表，密邇仇讎。』《左傳‧襄公九年》：『天禍鄭國，使介居二大國之閒〔『閒』即『間』，下同〕。』杜預〈注〉：『「介」猶「閒」也。』《左傳‧哀公九年》：『介在蠻夷而長寇讎。』《史記‧魯仲連鄒陽列傳》：『〔鄒陽〕上書而介於羊勝、公孫詭之閒。』司馬貞〈索隱〉：『介者，言有隔於其閒，故杜預曰：「『介』猶『閒』也。」』《後漢書‧竇融列傳》：『臣融孤弱，介在其閒；雖承威靈，宜

速救助。』李賢等〈注〉:『杜預注《左傳》云:「『介』猶『閒』也。」』以上可見『介』字的用法。

　　『介乎』的出現似乎遠後於『介居』、『介在』、『介於』,但『乎』即『於』,所以『介』與『乎』的結合也相當合理。《論語·為政》:『攻乎異端,斯害也已。』《孟子·盡心下》:『同乎流俗,合乎污世。』『乎』都解作『於』。又《呂氏春秋·離俗覽·貴信》:『天地之大,四時之化,而猶不能以不信成物,又況乎人事?』高誘〈注〉:『「乎」,「於」也。』《漢書·匡衡傳》:『情欲之感無介乎容儀,宴私之意不形乎動靜。』顏師古〈注〉:『介,繫也。言不以情欲繫心,而著於容儀者。』可見早期的『介乎』和『介於』未必同義。宋《宣和書譜》卷七〈行書敘論〉:『自隸法掃地,而真幾於拘,草幾於放,介乎兩間者,行書有焉。』此處『介乎』和『介於』便是同義詞。

　　若如此,『氣溫介乎喺 28 至 32 度之間』就是『氣溫介乎於 28 至 32 度之間』,也就是『氣溫介於於 28 至 32 度之間』。

　　我也曾經想過,究竟『介乎喺』的『乎』可不可以當做詠歎詞(如《論語·子路》:『必也正名乎!』)或句中語助詞(如《論語·里仁》:『參乎,吾道一以貫之。』)解呢?這是因為國內有些文章也生造了『介乎於』(『介乎

于』）一詞，見於『介乎於天使與魔鬼之間』這些浪漫詞句中。這當然是不值得效法的。普通話常用『介於』而極少用『介乎』，所以『介乎於』的『乎』肯定作詠歎詞用，而且很可能是誤解了『介乎』甚或『介乎喺』而加上去的。那麼，粵語『介乎喺』的『乎』可不可以看做詠歎詞呢？

結果我仍然覺得不可以，也不應該如此。理由是，『介乎』一詞在口語中用了這麼久，『乎』一向作『於』解；如果因一個天氣報告員而把『乎』看做詠歎詞或句中語助詞，並且以『喺』代替原來的『乎』，那麼我們以後如果要縮略其詞的話，是否要改說『介喺』呢？第二，縱使我們不論『介乎〔詠歎詞〕喺』的語法錯誤與否，試想一個簡單的述說句，為何要間之以詠歎呢？這累贅的生造詞純粹是因為對自己的語言缺乏充分認識才產生的。這件產品如果是你或我製造的，肯定沒有銷路。但是因為『介乎喺』出於一個電視台播音員之口，縱使說了才一年，十多二十年後的今天，不但其他播音員繼承了『介乎喺』，連大學教師都說『介乎喺』，足見一剎那的光輝確能留下永恆的印記。有這樣的影響力，可以無憾矣。

第二部

第一章　曰若稽古

・ 曰用而不知 ・

眼皮抽搐，我們叫『眼跳』，『跳』字讀陰去聲。如果抽搐是眉毛所在，我們叫『眼尾跳』，『跳』字讀陽平聲。別以為我們都會寫『眼眉跳』，事實上我們一般都寫做『眼眉條』，根本不知道『跳』本就音『條』。

『跳』，《廣韻》讀『徒聊切』，《集韻》讀『田聊切』，都是讀陽平聲。《集韻》另有『徒弔切』，陽去聲，音『聲調』的『調』（『調』亦讀『徒弔切』，粵音陽去聲字沒有送氣聲母）。古來韻書都沒有說『跳』字可以讀陰去聲。陰去聲讀法是北方老師介紹給我們的。北音去聲不分陰陽，所以不論『徒弔切』（『跳』）或『他弔切』（『眺』），北音都讀〔tiào〕。但當『徒弔切』的北音〔tiào〕要變換成粵讀時，送氣的〔⁻tiu〕便自然成為首選。

粵語有些讀音非常近古，我們卻日用而不知。我在《粵讀》第三章舉了不少藏在口語中的正字和正讀。這裏再多舉五例，讓讀者從這些例子中取得靈感，繼續發掘藏在口語中的正字和正讀。

岌岌可危

我常說，如果大家都不學反切，正統文化便岌岌可危。看見『岌岌可危』這成語，我們都習慣讀做『〔'kɐp 'kɐp〕可危』。可是，在韻書中，『岌』字並沒有清聲母送氣音。『岌』字的《廣韻》讀音是『魚及切』，『魚』是『疑』母字，代表〔ŋ-〕聲母。『魚』是陽聲，『及』是入聲，所以『岌』是〔ŋ-〕聲母陽入聲字。我們粵口語用『〔˗ŋɐp ˗ŋɐp〕下（陰上或陽上聲）』或『〔˗ŋɐp〕下（陽上聲）〔˗ŋɐp〕下（陽上聲）』來形容搖搖欲墜，〔˗ŋɐp〕正是『岌』的粵讀。

《爾雅・釋山》：『小山岌大山，峘。』晉郭璞〈注〉：『岌謂高過。』唐陸德明〈釋文〉：『岌，魚泣反。』宋邢昺〈疏〉：『言小山與大山相並，而小山高過於大山者名峘，非謂小山名岌，大山名峘也。』這是『岌』作為及物動詞的用法。後世並沒有繼承這『高於』的解釋。

『岌岌』解作『高』，則古已有之。屈原〈離騷〉：『高余冠之岌岌兮，長余佩之陸離。』東漢王逸〈注〉：『岌岌，高貌。』魏張揖《廣雅・釋訓》：『岌岌……高也。』唐張九齡〈奉和聖製途經華山〉：『攢峯勢岌岌，翊輦氣雄雄。』『岌岌』也作『高』解。

高則危，所以『岋』和『岋岋』又解作『危險』。這個引申義似乎更為流行。《孟子・萬章上》：『孔子曰：「於斯時也，天下殆哉，岋岋乎。」』東漢趙岐〈注〉：『岋岋乎，不安貌也。』《墨子・非儒下》：『孔丘與其門弟子閒坐曰：「夫舜見瞽叟就然，此時天下圾乎。」』《管子・小問》：『危哉，君之國圾乎。』《韓非子・忠孝》：『孔子曰：「當是時也，危哉，天下岋岋。」』其中『岋』、『圾』和『岋岋』都解作『危』。

　　戰國之後，一般都以『岋岋』作『危』解，『岋』字獨用非常少見。《漢書・韋賢傳》引韋孟諫詩云：『彌彌其失，岋岋其國。』唐顏師古〈注〉：『應劭曰：「彌彌猶稍稍也，罪過茲甚也。岋岋，欲毀壞也。」師古曰：「岋岋，危動貌。音五合反。」』《文選》載韋孟〈諷諫詩〉作『彌彌其逸，岋岋其國』。〈注〉：『善〔李善〕曰：「岋岋，欲毀之意。翰〔李周翰〕曰：「……岋岋，危也。」』《東坡志林・論古・秦拙取楚》：『三晉亡，齊蓋岋岋矣。』值得留意的是顏師古用『危動』釋『岋岋』。這『動』字甚有意思，因為危則不安，不安則不能靜，故『動搖』便成為『岋』的引申義。《漢書・揚雄傳上》載揚雄〈校獵賦〉有云：『洶洶旭旭，天動地圾。』顏師古〈注〉：『〔三國魏〕蘇林曰：「圾音圾圾動搖之圾。」師古曰：「洶音匈。圾音五合反。」』《文選》載揚雄〈羽獵賦〉（即〈校獵賦〉）：『洶洶旭旭，天動地圾。』李善〈注〉：

『〔三國吳〕韋昭曰：「㧤，動貌也。」』我們粵口語用『〔ŋou ŋou dɐp〕』來形容物體搖晃不定，〔ŋou〕即『搖』，是給我們添了〔ŋ-〕聲母的地區口語音。『〔ŋou〕勺』即『搖勺』，『〔ŋou ŋou dɐp〕』即『搖搖㧤』。粵口語處理『仰』字也用類似的方法。『〔da ŋɔn fɐn〕』即『打仰瞓』(仰臥)，『〔ŋɔn min gu nœŋ〕』即『仰面姑娘』。

　　『岌』和『岌岌』引伸出來的『危險』和『動搖』的意思，造就了清光緒年間薛福成《出使四國日記》卷三的名句：『椿折牆塌，岌岌可危。』而『岌岌可危』更成為新鑄成語。

鏖糟

　　小時候看《三國演義》，見第十九回的回目是：『下邳城曹操鏖兵，白門樓呂布殞命。』第一百十二回的回目是：『救壽春于詮死節，取長城伯約鏖兵。』當時不認識『鏖』字，拿着《辭源》又不懂反切，感到很無奈。未幾，電台演出《三國演義》廣播劇，劇中『鏖』讀如『歐』，我非常高興，以為終於懂得怎樣讀『鏖』字了。於是我就把『鏖兵』讀作『歐兵』。不過，後來又聽到有宿儒讀『鏖』如『幽』，那『鏖兵』便讀作『幽兵』了。這使我感到相當困惑。

　　跟陳湛銓老師學會查字典後，很多以前不太有信心讀的字都要重新看看反切。有一天，翻到『鏖』字，

《廣韻》的切語是『於刀切』。『於』是『影』母字，代表陰聲調零聲母，『刀』是開口一等平聲字，沒有介音，那麼『於刀』就要讀陰平聲〔'ou〕，加一點時代感便要讀〔'ŋou〕。那就既不是『歐』，也不是『幽』，而是一個日常不用的〔'ou〕音，一個小時候常聽到而認為是『鄉下音』的讀音。

『鏖』本解作『戰鬥』。《漢書·衛青霍去病傳》：『合短兵，鏖皋蘭下。』《新唐書·王翃列傳》：『引兵三千與賊鏖戰，日數遇。』〈哥舒翰列傳〉：『吐蕃以五千騎入塞，放馬褫甲，將就田。翰自城中馳至鏖鬬，虜駭走。』〈叛臣·僕固懷恩列傳〉：『亦會李嗣業鏖鬬尤力，賊大崩敗。』〈李嗣業列傳〉：『嗣業懼追及，手梃鏖擊，人馬斃仆者數十百，虜駭走。』可見『鏖』字以前並非生僻，只是現在極少用到而已。

『鏖』是戰鬥。戰鬥必殺人，於是產生了『鏖糟』一詞，指殺人很多。《漢書·衛青霍去病傳》：『上曰：「票騎將軍……合短兵，鏖皋蘭下。」』〈注〉：『晉灼曰：「世俗謂盡死殺人為鏖糟。」文穎曰：「鏖音意曹反。」師古曰：「鏖字本從金麀聲，轉寫訛耳。鏖謂苦擊而多殺也。皋蘭，山名也。言苦戰於皋蘭山下而多殺虜也。晉說文音皆得之。今俗猶謂打擊之甚者曰鏖。麀，牡〔牝〕鹿也，音於求反。」』顏師古謂『鏖字本從金麀聲，轉寫訛耳』，

於是我又明白為甚麼有人讀『麋』為『幽』。因為『麋』字《廣韻》讀『於求切』，『於』是零聲母陰聲調字，『求』是開口三等平聲字，三等字介音在粵音成為半元音聲母，『於求切』正是讀作『幽』。但『麋』聲並不表示要讀如『幽』。『鏖』屬『豪』韻，『麋』屬『尤』韻，兩韻到底有別。

稍後，『鏖糟』的意義又起了變化。《吳下方言考》卷五：『蘇東坡與程伊川議事不合，譏之曰：「頤可謂鏖糟鄙俚叔孫通矣。」案：鏖糟，執拗而使人心不適也。吳中謂執拗生氣曰鏖糟。』『鏖糟』和『鄙俚』都用疊韻，前者被蘇軾用來形容程頤執拗。這又和『盡死殺人』很不同，而是近乎『氣死人』。

到了元末明初陶宗儀《輟耕錄》卷十則云：『俗語以不潔為鏖糟。按〈霍去病傳〉「鏖皋蘭下」注以「世俗謂盡死殺人為鏖糟」。然義雖不同，卻有所出。』這裏直指『鏖糟』解作『不潔』。

小時候，傭人和從內地來的親友叫『不清潔』做『〔ˈou ˈdzou〕』，而我們城市人則叫『不清潔』做『污糟』（〔ˈwu ˈdzou〕），於是我們便誤以為〔ou〕是『污』的鄉音讀法。學會查字典之後，才恍然大悟：『非也！』原來『〔ˈou ˈdzou〕』就是『鏖糟』，『污糟』只是因誤解『鏖糟』而造的新詞。

食晏

　　我們叫『吃午飯』做『食晏』。『晏』怎可以吃呢？沒錯，『晏』不可以吃；不過，如果『晏』是『晏食』的簡稱，『晏』便可以吃了。

　　《淮南子・天文訓》：『日出于暘谷，浴于咸池，拂于扶桑，是謂晨明。登于扶桑，爰始將行，是謂朏明〔將明也〕。至于曲河，是謂旦明。至于曾泉〔『曾』即『層』，曾泉是東方多水之地〕，是謂蚤食。至于桑野，是謂晏食。至于衡陽，是謂隅中。至于昆吾〔昆吾丘在南方〕，是謂正中。至于鳥次〔西南之山名〕，是謂小還。至于悲谷〔西南方之大壑〕，是謂餔時。至于女紀〔西北陰地〕，是謂大還。至于淵虞，是謂高舂。至于連石〔西北山名〕，是謂下舂。至于悲泉，爰止其女，爰息其馬，是謂懸車。至于虞淵，是謂黃昏。至于蒙谷〔北方之山名〕，是謂定昏。日入于虞淵之氾，曙于蒙谷之浦。』同書〈墜〔即『地』形訓〕：『八殥之外而有八紘，亦方千里。自東北方曰和丘、曰荒土。東方曰棘林、曰桑野。東南方曰大窮、曰眾女。南方曰都廣、曰反戶。』綜上所言，曾泉和桑野俱在東，所謂蚤食和晏食，指的當是『早的早餐』和『晚的早餐』。『蚤食』指『早食之時』，『晏食』指『晏食之時』。而這晏食慢慢向正午推移，便成為今天的所謂午飯。

觀乎古人言『晏起』、『晏朝』，雖都有『晚』、『遲』的意思，但大抵還不過早上。《禮記·內則》：『孺子蚤寢晏起，唯所欲，食無時。』幼兒需要較多睡眠，所以早睡晏起。西漢劉向《古列女傳·賢明傳·周宣姜后》：『宣王常早臥晏起，后夫人不出房。姜后脫簪珥，待罪於永巷。使其傅母通言於王曰：「妾之不才，妾之淫心見矣。至使君王失禮而晏朝，以見君王樂色而忘德也。」』《後漢書·皇后紀上》：『宣后〔后以喻宣王〕晏起，姜氏請愆。』所謂晏起，當是早上的晏，而不是一天的晏。《詩·小雅·庭燎》：『夜如何其〔音『基』〕？夜未央。庭燎之光。君子至止，鸞聲將將。』據這段文字的描述，預備早朝時，庭院還點着火，即表示天還未全亮。如果天全亮才備朝，便是晏朝了。

　　〈天文訓〉說：『至于悲谷，是謂餔時。』『餔』，粵讀〔'bou〕，指夕食。《說文解字》：『餔，日加申時食也。』《玉篇》：『餔，申時食。』古時沒有電燈照明，是以要充分利用陽光做事。古人日出而作，日入而息，所以在相當於現在下午三時至五時的申時便進夕食。今天在大城市生活的人，非到酉時、戌時都不會吃晚飯，所以把晏食推遲到正中時，是絕對可以理解的。

銖鈍

　　粵口語往往用『薯』（〔¡sy〕）、『薯鈍』來形容頭腦不敏

銳。形容某人『好薯』就是說他非常遲鈍;『薯仔』就是『愚笨的人』。以『薯』為『鈍』也常見於報紙文章。於是很多人以為『薯』就是近代發明的、用來形容別人愚笨的俚俗稱謂。沒錯,『薯鈍』是近代發明的,但這詞只不過是『銖鈍』的訛體。

首先,『薯』的本音不是陽平聲〔ˌsy〕,而是陽去聲〔ˍsy〕。『薯』的《廣韻》讀音是『常恕切』,陽去聲。它的陽平聲讀音來自『藷』字。『藷』的《廣韻》讀音是『署魚切』(『署』讀『常恕切』),粵讀是陽平聲〔ˌsy〕,解作『似薯而大』。後來,『薯』字借用了『藷』字的讀音,並引導我們用它來代替真正讀陽平聲〔ˌsy〕、解作『鈍』的『銖』字。

『銖』的《廣韻》讀音是『市朱切』。『市』是陽聲,『朱』是平聲,合讀便是陽平聲〔ˌsy〕,和『殊』(也讀『市朱切』)是同音字。『銖』作為名詞是古時的衡名。『衡』是『度量衡』、『權衡』的『衡』。《說文解字》:『銖,權。十分黍之重也。』《禮記‧儒行》:『雖分國如錙銖。』孔穎達〈正義〉:『算法:十黍為絫,十絫為銖,二十四銖為兩,八兩為錙。』始鑄於西漢的五銖錢,即因其重五銖而得名。

作為形容詞,『銖』作『鈍』解。《淮南子‧齊俗訓》:『其兵戈銖而無刃。』高誘〈注〉:『楚人謂刃頓為銖。』

『頓』與『鈍』通。《史記・屈原賈生列傳》：『莫邪為頓兮。』〈索隱〉：『頓，鈍也。』《三國志・吳書・薛綜傳》：『今遼東戎貊小國，無城池之固、備禦之術，器械銖鈍。』《廣雅・釋詁三》：『鋼、鉏、但、拙、頑、銖，鈍也。』吳、楚在國之南，所以『銖』和『銖鈍』當早已用於南方，先是形容兵器不銳利，繼而形容人的頭腦不敏銳，確是非常傳神。南方用『銖』和『銖鈍』，雖然二千年來未嘗或變，但近代的廣東人可能不怎麼識字，要寫下來就有困難了。困難的原因是北方南下的老師早已把『銖』字讀作『珠』，所以廣東人也把『銖』字讀作『珠』。這一來『銖鈍』的〔sy〕便幾乎變成無字可寫。我們不會認識『櫡』字。我們也不會用『殊』字來形容別人遲鈍，因為誰都知道『殊』不可能『鈍』。碰巧粵口語把陽去聲的『薯』讀成陽平聲（然後產生陰上聲口語變調），而不論番薯（即甘薯）也好，馬鈴薯也好，看起來都是沒文采、比較笨拙的，所以用『薯』來貶低別人是最生動不過的了。

伏匿匿

『〔_buk ˈnei ˈnei〕』是兒童遊戲。一人閉上眼睛約十秒鐘，另一人或其他人則躲藏起來，避免在限定時間內被他發現。這和一人蒙住眼睛，摸索着去捉人的『捉迷藏』（耍盲雞）不盡相同。『〔_buk ˈnei ˈnei〕』即『伏匿匿』。『伏』的口語音〔_buk〕非常古老，因為上古的重唇音聲母給

保存了。『匿』的口語音〔ˈnei〕卻是向國語靠攏的口語變調音。

上古沒有輕唇音〔f-〕聲母。我們口語讀『伏』為〔‿buk〕，反為保留了上古的重唇音聲母。『伏』字的《廣韻》讀音是『房六切』，陽入聲，粵讀是〔‿fuk〕，跟『服』(也讀『房六切』) 同音。〔‿buk〕這個讀音雖然源遠流長，但現在只被看做口語音。相反地，『阿房宮』的傳統讀法是『阿旁宮』，『番禺』的傳統讀法是『潘禺』，卻不被視為口語音，而是被視為保存古意的讀書音。『房』是『符方切』，粵讀是〔‿foŋ〕，除了『阿房宮』的『房』還要讀〔ˈpɔŋ〕之外，『房』已沒有重唇音的讀法，而是跟『防』(也讀『符方切』) 一樣讀輕唇音了。

『伏匿』是『隱藏』的意思。《韓非子‧詭使》：『士卒之逃事狀匿，附託有威之門，以避徭賦。』王先謙〈集解〉：『「狀」即「伏」字，形近而誤。』《晏子‧問上》：『故聖人伏匿隱處，不干長上。』《楚辭‧天問》：『伏匿穴處爰何云？』《史記‧龜策列傳》：『聖人伏匿，百姓莫行。』以上的『伏匿』都作『隱藏』解。

『匿』，《廣韻》讀『女力切』，陽入聲，粵讀是〔‿nik〕。通過口語變調，新讀音是〔ˈnik〕，陰入聲。國語讀『匿』為〔nì〕。受到國音影響，粵口語讀『匿』為

〔ˈni〕，城市中人則讀〔ˈnei〕，調值是 53 。『躲起來』的粵口語是『匿埋』，讀『〔ˈnei ˌmai〕』，〔ˈnei〕的調值是 53 。『〔˷buk ˈnei ˈnei〕』是兒語，而兩個〔ˈnei〕音的調值都是 55 ，不是 53 。

這兒語卻帶出一個問題來。因為『匿』的口語音重言，『伏匿』一詞便給拆開了。於是有人認為『匿匿』可解作『匿者』，而『伏』（〔˷buk〕）則解作『埋伏等候』，即『伏擊』的『伏』。所以『〔˷buk ˈnei ˈnei〕』可解釋為『埋伏等候匿者』。但這解法比較牽強，因為玩這遊戲的『匿者』是不會無故現身而中伏的。

不過『伏』的重唇讀音卻真能啟發思考。『〔˷buk〕埋』是『躲起來』；但作為較俚俗的及物動詞，〔˷buk〕便有『埋伏等候』、『躲起來伺候』的意思。粵口語『去伏（〔˷buk〕）佢』就是『去埋伏等候他』甚或『去伏擊他』；『俾人伏（〔˷buk〕）』就是『被人窺伺』甚或『被人伏擊』。《說文解字》：『伏，司也。从人从犬。』徐鉉〈注〉：『司，今人作伺。』《廣韻》：『伏，伺也。』『埋伏』一詞正有此意。粵口語讀重唇音的『伏』字看來更近本義。

紫蓮色

上文多次提及口語變調。其實我們也可以從口語變調中發掘一些較古雅的字詞。像我在《粵讀》中說，『發

狼戾』的『狼戾』就是靠口語變調得以保存的古詞語。這裏還可以舉幾個例。

以前，大家習慣叫紫色做『紫〔ˇlin〕色』。報紙上也會見到『紫練色』的寫法。其實〔ˇlin〕就是『蓮』的口語變調。

前輩用『紫蓮』來形容紫色，可知蓮花是常見的植物，也可推想『紫蓮色』一詞是源於農村的。沈約〈郊居賦〉有『紫蓮夜發，紅荷曉舒』之語，可知『紫蓮』也甚為文士欣賞。

大娘

有些顏色和款式搭配欠缺品味，給人庸俗之感，我們會以『大〔ˈnœŋ〕』或『〔ˈnœŋ〕』來形容。〔ˈnœŋ〕是『娘』的口語變調，調值是 55。

『大娘』本來並無貶義。杜甫有詩稱頌唐代舞蹈家公孫大娘，《聊齋誌異》有仇大娘，《紅樓夢》更有好幾位大娘。『大娘』一詞，或作為婦人的普通指稱，或作為尊稱，以前應該廣為民間所用。

清梁章鉅《稱謂錄》卷九〈天子妻古稱・大娘〉：『〈韓魏公傳〉云：「宮中稱郭后為大娘，劉妃為小娘。」是皇

家如是稱。』《宋史‧韓琦列傳》無此條。《韓魏公集》卷二十〈別錄〉云：『先是宮中以劉〔劉皇后〕為大娘，楊〔楊淑妃〕為小娘。』《稱謂錄》顯然誤記。不過此處大娘與小娘是明妻妾之分而已。姑置此以備參考。

從前，民間已婚女子對穿戴可能不太講究，所以『大娘』就通過口語變調形容穿戴庸俗。至於〔ˈnœŋ〕單用則只是『大〔ˈnœŋ〕』的簡稱（縮略語），和讀陽平聲、解作『母親』的『娘』無關。

牙牙仔

和母親有關的是『牙〔ˈŋa〕仔』。〔ˈŋa〕是『牙』的口語變調。唐司空圖〈障車文〉：『二女則牙牙學語，五男則鴈鴈成行。』金元好問〈德華小女五歲能誦予詩數首以此詩為贈〉七絕：『牙牙嬌語總堪誇，學念新詩似小茶。』不過，我們心目中的『牙〔ˈŋa〕仔』還包括未能牙牙學語的嬰孩，和原意有點不同。

粵語陰聲字本來沒有〔ŋ-〕聲母。〔ŋ-〕來自『疑』母，『疑』母字一定是陽聲字。不過，通過口語變調，有幾個『疑』母字讀了陰平聲和陰上聲，但它們的〔ŋ-〕聲母仍然不變。例如『騎牛牛（〔ˇŋeu〕）』、『食燒鵝（〔ˇŋɔ〕）』和『牙牙（〔ˈŋa〕）仔』便是。換句話說，〔ŋ-〕聲母通過口語變調給帶到陰聲調去了。受到這現象的影響，我們現在竟然

替絕大部分零聲母陰聲字冠上〔ŋ-〕聲母，說起來順口，聽起來也順耳。其實這樣做是相當過分的。不過大勢所趨，真心假意也得隨波逐流。

詐假意

粵口語『詐〔¹ga(55) ¹ji(55)〕』是『詐假意』的變調。《紅樓夢》第二十九回：『因你也將真心真意瞞了起來，只用假意，我也將真心真意瞞了起來，只用假意，如此兩假相逢，終有一真。』粵口語『詐〔¹ga ¹ji〕應承佢』即『裝作答應他』。

細看之下，『詐假意』是有邏輯問題的。《史記・孝文本紀》：『吳王詐病不朝，就賜几杖。』『詐病』是假稱患病。沒有病才會詐病，所以理論上沒有假意才會詐假意。雖然沒有假意未必就有真意，但是假裝有假意已經是問題所在了。不過，口語變調的『詐假意』既然是常用詞，大家也懶得理會它合乎邏輯與否。

姐

粵語口語變調一般指說話時把較低聲調的字的聲調提高到高平調（55）、高降調（53）或高升調的讀法，如『大娘（〔¹nœŋ〕55）』、『發狼（〔¹lɔŋ〕53）戾（〔˅lɐi〕）』便是。偶然我們也會走向另一個極端，把較高聲調的字音壓成陽平聲。

『姐』是一個好例子。『姐』,《廣韻》讀『茲野切』,陰上聲,粵讀是〔ˇdzɛ〕。粵口語把『姐姐』變讀為『〔˪dzɛ ˈdzɛ〕』,分別讀陽平聲和高平調,〔˪dzɛ〕和〔ˈdzɛ〕又可以分別和別的字作搭配。讀高平調的有『大家姐 (〔ˈdzɛ〕55)』、『姐 (〔ˈdzɛ〕55) 仔』;反常的口語變調〔˪dzɛ〕前面的字調一般會較陽平聲為高,如『大姐 (〔˪dzɛ〕)』便是。〔˪dzɛ〕只是一個反常的口語變調讀音,粵語讀書音絕對沒有不送氣聲母的陽平聲。

捎

〔˪sau〕是一個反常的口語變調,來自『捎』字。《說文解字》:『捎,自關至西,凡取物之上者為撟捎。』在《廣韻》,『捎』讀『所交切』。『所』是陰聲,『交』是平聲,粵音讀陰平聲〔ˈsau〕。『取物之上』即拿着物件的頂部,所以『捎』和『梢』形近兼同音。後世並沒有分得那麼仔細,宋《增修互註禮部韻略》云:『取也,芟也,掠也。』並不言取物之上。普通話『捎』讀〔shāo〕,是順便帶取的意思,如『替我捎個口信』便是。

通過含意的消長,『捎』也有『掠取』的意思。杜甫〈重過何氏五首〉其一:『花妥鶯捎蝶,溪喧獺趁魚。』其中『捎』便解作『掠取』,而不只是『取』。故上引《增韻》云:『掠也。』

粵口語把陰平聲『捎』讀成陽平聲〔ˌsau〕，指的是『擅自拿走』。例如『我去〔ˌsau〕支筆過嚟』、『我支筆俾佢〔ˌsau〕咗』。因為『捎』只出現於口語變調，所以說粵語的人懂得寫『捎』字的應該不會很多。但這口語變調源頭之古，卻真是令人吃驚。

女

有人問過我，為甚麼在馬來西亞和新加坡，『沒錢』叫『冇〔ˈlœy〕(53)』(案：粵語仿音)。我作了如下的推測。新加坡在十九世紀四十年代開埠時用的紙幣都印有英國維多利亞女皇頭像，為了方便，也為了戲謔，當地的華人於是以女皇頭像的『女』作為『錢』的代稱。〔ˈlœy〕(粵語仿音)的韻母較接近廣州話的『女』，聲調則是陰平聲高降調口語變調。不過，廈門話『男』、『女』都用〔l-〕聲母而不用〔n-〕聲母，所以〔ˈnœy〕便被說成〔ˈlœy〕。古全濁聲母上聲字和古全濁、次濁聲母去聲字，廈門話都讀陽去聲(11)；古次濁聲母上聲字，廈門話白讀歸陽去，文讀歸上聲(53，廈門話上聲不分陰陽)，和廣州話陰平聲(53)同調值。『女』是次濁聲母上聲字，廈門話讀上聲〔luˊ〕，調值是53，正好和廣州話『女』的陰平聲口語變調〔ˈnœy〕(53)的調值相同。所以這〔ˈlœy〕(粵語仿音)倒似是當地廣州話和廈門話聯合炮製的音。『冇／無〔ˈlœy〕』一詞不但在『星馬』流行起來，並且很快輸往南中國去。以〔ˈlœy〕喻錢由來已久，如果我們以

〔ˈlœy〕為不正確的發音而改叫〔ˈnœy〕，錢的味道便會立刻消失。

以前，不太懂英語的人玩撲克牌，見到 'king'(K) 則稱『傾』；見到 'queen'(Q) 則稱陰上聲口語變調的『女』（〔ˇnœy〕），因為〈queen〉很難讀；見到 'Jack'(J) 則稱『積』，因為〔dʒæk〕也不容易讀。'Jack' 的牌名本來叫 'knave'，在 Charles Dickens 的小說 *Great Expectations* 裏，美麗的 Estella 在心理變態的 Miss Havisham 面前譏笑出身微賤的 Pip，說道：'He calls knaves, Jacks, this boy.' 可見在維多利亞時代，英國上流社會都不會稱 'knave' 為 'Jack'。但今天恐怕沒有人稱 'Jack' 為 'knave' 了。

有趣的是，見到女皇 (queen regnant) 頭像也好，皇后 (queen consort) 頭像也好，我們用一個『女』字來形容便足夠了。〔ˇnœy〕是大牌，〔ˈlœy〕是錢，如此說來，『有女萬事足』真是所言不虛。

第二章　北風其涼

• 自作孽，不可逭 •

　　作為較弱勢的方音，粵音受北音影響頗大。漢字的粵讀並沒有脫離《廣韻》系統，而漢字的普讀在韻尾和聲調上已經脫離《廣韻》系統。不知道是不是自卑感作祟，以前南方大戶往往聘用北方老師來任西席。他們人多勢眾，的確擾亂了一些南方方言的讀音，粵音自然也不例外。

　　從前，在香港大學中文學院任教的幾乎都是自北方南來的老師，學生沒法把老師的外省讀音轉換成粵讀。老師也沒法教學生翻查切音字典擬出粵讀。所以我認識的師伯、師叔，大都不會查中文字典，甚至讀一首唐人的近體詩也錯讀頻生。例外的便是有宿慧、肯刻苦自學的學生。其中一位表表者是當世通儒劉殿爵教授。他的兩文（中、英）和三語（國、粵、英）都非常精確，因為他從小就懂得翻查字典，有讀音疑難時也一定翻查字典，絕不鬆懈。有這樣嚴謹的治學態度，才能夠在經子研究方面取得異常的學術成就。劉教授是早期香港大學中文學院學生的表表者，卻不是代表，只屬例外。那些不會查字典的畢業生，一部分投身教育署和到中學教中

文，培育出一批又一批不懂反切的學生。不懂反切，對粵語讀音一定沒信心，也自然容易受北音影響。

毓、煜

粵讀受北音影響其實是選擇性的。舉一個例子。在《廣韻》，『育』、『毓』、『煜』都讀『余六切』，『欲』、『慾』、『浴』都讀『余蜀切』，『獄』、『玉』都讀『魚欲切』。這八個字，普通話都讀〔yù〕，去聲。這八個字的正確粵讀是陽入聲〔_juk〕，因為反切上字『余』、『魚』是陽，下字『六』、『蜀』、『欲』是入。但我們卻把『毓』和『煜』讀陰入聲〔ˈjuk〕，和『郁』（『於六切』）同音。這兩個字較不常見。如果我們的祖先、前輩從小不查字典，只聽北方老師的讀音，那麼〔yù〕便很容易使人聯想到粵音的陰入聲了。諷刺的是，東漢許慎的《說文解字》說『毓』是『育』的或體，兩個字應該同讀同解才是。現在這兩個字的粵讀卻是陰陽相隔。這確是一個怪現象。

嘉峪關

普通話的去聲也會使人聯想到粵音的去聲。『裕』，《廣韻》讀『羊戍切』。『羊』是陽聲，『戍』是去聲，所以『裕』字讀陽去聲。『峪』，《集韻》（《廣韻》無『峪』字）讀『俞玉切』。『俞』是陽聲，『玉』是入聲，所以『峪』字讀陽入聲，和『浴』字同音。祖國開放前，很少香港人知道萬里長城的甘肅省段有嘉峪關；而負責介紹嘉峪關給

我們的人聽見國音〔jiāyù guān〕，立即聯想到『寬裕』的『裕』，於是成為始作俑者，把『嘉峪關』讀作『嘉裕關』，從此以訛傳訛，鑄成大錯。

錯

『錯』字讀去聲，也是受北音影響所致。『錯』字的《廣韻》讀音是『倉各切』。『倉』是陰聲，『各』是入聲，韻腹是長元音，所以讀中入聲〔ˉtsɔk〕。以前，『錯誤』的『錯』和『縱橫交錯』的『錯』一樣，都讀入聲。《詩・小雅・鶴鳴》：『樂彼之園，爰有樹檀，其下維蘀。它山之石，可以為錯。』『蘀』和『錯』叶韻。《詩經》時代的漢讀雖未有入聲之名，卻已有入聲之實。『蘀』和『錯』正是叶入聲韻。

南宋陸游的〈釵頭鳳〉也是一個好例子：

紅酥手〔上聲韻〕，黃縢酒〔上聲韻〕，滿城春色宮牆柳〔上聲韻〕。東風惡〔入聲韻〕，歡情薄〔入聲韻〕，一懷愁緒，幾年離索〔入聲韻〕。錯〔入聲韻〕，錯〔入聲韻〕，錯〔入聲韻〕。　春如舊〔去聲韻〕，人空瘦〔去聲韻〕，淚痕紅浥鮫綃透〔去聲韻〕。桃花落〔入聲韻〕，閑池閣〔入聲韻〕。山盟雖在，錦書難託〔入聲韻〕。莫〔入聲韻〕，莫〔入聲韻〕，莫〔入聲韻〕。

但是，當豪門和私塾的外省老師每天都對學生嚷着〔cuò〕、〔cuò〕、〔cuò〕的時候，廣東學生的腦海中哪裏還有〔¯tsɔk〕、〔¯tsɔk〕、〔¯tsɔk〕的聲影呢？

姓肖？

簡體字對不懂簡體字的香港人往往造成困擾，也會使他們相對地變成半文盲。香港回歸前，國內有一位香港基本法起草委員叫蕭蔚雲。當時，他是北京大學法學院教授。後來，蕭教授在澳門科技大學當法學院院長，他的名片便用繁體字印刷。所以他的姓名從沒有被香港電子媒體讀錯。在國內，他卻是『肖蔚云』。

繁體『肖』的《廣韻》讀音是『私妙切』，和『笑』(私妙切) 同音。粵音讀『肖』為〔¯tsiu〕，是受了『俏』(七肖切) 的影響。在古籍中，『肖』作為『消』的假借字則讀如『消』。

2003 年，中國銀行來了個新董事長兼行長，叫蕭鋼〔Xiāo Gāng〕。『鋼』字在《廣韻》有『古郎切』和『古浪切』兩讀。粵音兩讀兼備，『金鋼鑽』的『鋼』讀『古郎切』，陰平聲，和『剛』字同音近義；『鋼鐵』的『鋼』讀『古浪切』，陰去聲。在普通話，『鋼』字作名詞用則讀陰平聲(即第一聲)，作動詞用則讀去聲 (即第四聲)。所以，電子媒體如果尊重這位駐北京大使的姓名的讀音，便應該

讀『蕭鋼』作『消剛』(〔ˈsiu ˈɡɔŋ〕)。香港的新聞報道員起初把『蕭鋼』讀作『消絳』(〔ˈsiu ˉɡɔŋ〕)，那也沒問題，反正字典中『鋼』字有平去兩讀。後來，『蕭鋼』給香港傳媒讀作『俏絳』(〔ˉtsiu ˉɡɔŋ〕)，我看的電視和聽的廣播都用這個讀法，使我吃驚不已。我找來一位電視主播問，為甚麼『蕭』的簡體字『肖』也看不懂。我又問那主播，知不知道這樣讀，對香港的學生會造成不良影響。那主播說，行長的名片寫着『肖钢』，因此有香港記者對他說，『肖』字在香港讀作『俏』，又問他要記者怎樣讀和寫他的姓。後來，行長通過中國銀行的公關大員澄清，他的姓的繁體字也是『肖』。既然姓『肖』，當然要讀作『俏』，不能讀作『蕭』。所以現在香港記者都奉命讀他的姓為『俏』。

我不禁慨嘆，香港記者的語文水平實在太低了。沒錯，蕭鋼的名片寫着『肖钢』，兩個字都是簡體。『蕭』的簡體『肖』是繁體『肖像』、『不肖』的『肖』。『蕭』的簡體『肖』同時也是簡體『肖像』、『不肖』的『肖』。在簡體字系統中，『肖』字作為姓，普通話讀〔xiāo〕，第一聲；如果用於『肖像』、『不肖』，普通話讀〔xiào〕，第四聲。講普通話的自能分辨。在繁體字系統中，『蕭』和『肖』是兩個截然不同的字。但作為姓，簡體『肖』就等同繁體『蕭』，為甚麼記者要把簡體『肖』當做繁體『肖』來讀這樣荒謬呢？為甚麼當初要問蕭鋼怎樣讀他的姓那樣無知

呢？以前，當『蕭』的簡體還是『萧』的時候，香港記者肯定不會讀錯它，也不會向當事人求證讀音和寫法，也不會有大陸人指令香港記者讀『萧』作『俏』。香港的記者實在太不認識簡體字了。

蕭鋼是北方貴人。一個北方貴人會不會特別為香港記者做一張繁體字名片？恐怕不會。

因為他是北方貴人，因此一定有貴人的修養。他會不會主動強迫、指令或勸諭香港記者寫他的姓時要用繁體『肖』而不能用繁體『蕭』呢？恐怕不會。

縱使他會，香港記者為甚麼一定要遵從一個不懂繁體字、不懂粵語的人的指令？

我看這件事純屬誤會，責任在『港方』，並不在『中方』。蕭鋼大抵被某些少見多怪的香港記者不斷追問關於他的姓的寫法和讀法，為了避免浪費時間跟香港記者在字體和讀音問題上作無謂的糾纏，於是索性請他們把簡體『肖』當做繁體『肖』來用，息事寧人。可見他多不耐煩。香港傳媒可能因自身的無知而導致蕭鋼改姓，既變相陷蕭鋼於不義，也徹底侮辱了蕭鋼。更有甚者，蕭鋼改姓之後，現在凡是國內姓蕭的達官貴人，只要他們的名片寫着『肖』，從我聽到的廣播中，播音員都把他們的

姓讀成〔￣tsiu〕而不是〔ˈsiu〕，我聽見這荒謬的粵讀，不禁感到非常羞愧。

蕭蔚雲教授去世前在澳門工作，所以他的名片用繁體字。我有時會想，如果蕭教授尚在人間，又回到北京工作，然後拿着寫上『肖蔚云』的名片來香港，傳媒會不會改口叫他『肖蔚云』呢？我又想，如果蕭鋼和國內姓蕭的達官貴人的子姪來香港工作，他們的名片一定用繁體字。到時，父輩獲記者賜姓『肖』（〔￣tsiu〕），子姪輩卻還是姓『蕭』（〔ˈsiu〕），那就兩代不同姓了。

從蕭鋼到肖鋼

蕭(蕭)	xiāo　❶蕭索；蕭条：～ 瑟｜～然。❷(Xiāo)姓。

《現代漢語詞典》（北京：商務印書館，1997）頁1381。

肖	Xiāo　姓（'蕭'俗作肖）。 另见 1389 页 xiào。

同上注，頁1379。

萧钢：港股直通车是国家政策　银行无法决定

www.cnfol.com　2008年03月16日　19:53　中评社

中国银行董事长萧钢拒绝评论港股直通车何时开通。

全簡體

肖钢：中行将进一步扩大在东盟的跨境结算

http://www.sina.com.cn　2009年10月21日 18:40　新浪财经

　　新浪财经讯 10月21日下午消息　第六届中国—东盟博览会2009年10月20日—24日在广西南宁举行。新浪财经作为独家门户网络合作伙伴，全程报道本次盛会。中国银行(4.16,0.02,0.48%)董事长肖钢在与新浪财经独家对话时表示，中国银行将进一步采取措施，

全簡體

蕭鋼拒評港股直通車何時開通

2008-03-16 13:18:00

中國銀行董事長蕭鋼表示，港股直通車何時開通，

全繁體

全繁體

憂郁？

在簡化字形系統裏，『濃郁』的『郁』同時是『憂鬱』的『鬱』的簡體字，普通話都讀〔yù〕。『郁』字在《廣韻》讀『於六切』，陰入聲，粵讀是〔ˈjuk〕；『鬱』字在《廣韻》讀『紆物切』，陰入聲，粵讀是〔ˈwɐt〕。兩字讀音不同。在大學裏，我不止一次聽見說粵語的同事把『憂鬱』讀成『憂郁』。這些人可能看簡體字的書多了，只知有『忧郁』，不知有『憂鬱』。在最近一個國慶活動中，有一位年輕的司儀把『鬱金香』讀成『郁金香』，因為他拿着的講稿，上面的『鬱』是用簡體字寫出來的，而年輕的他根本不知道有一種花叫『鬱金香』。

有一天晚上，我一邊開車一邊聽廣播，聽着一個中醫藥節目，女主持人正在訪問一位從內地來香港定居的男中醫師。這位先生的廣州話帶着濃重的北方口音，使我聽着非常難受。如果不是題材有吸引力，我早已『轉台』了。但是，有一個詞語這位中醫師說出來時發音卻特別清楚準確。那詞語是『鬱冒』，是醫古文用詞。『鬱冒』即『鬱悶』。大抵這中醫師當時是拿着一張紙來讀的，而那張紙一定是用簡體字寫的，女主持人也一定看到。每當那內地中醫師說『鬱冒』時，女主持人便立即在旁補一句『郁冒』，如是者有三次之多。很明顯地，女主持人看見紙上寫着『郁冒』，而中醫師卻讀作『鬱冒』，便以為他

發音不正確，所以要在旁更正。她大抵聽得不太明白，不知道『郁冒』是甚麼東西，又不知道紙上面的『郁』字就是『鬱』的簡體字，所以才作出無知的口頭更正。一般香港人對普通話和簡體字認識不深，又不看漢語詞典，難免動輒得咎。

・ 變動不居 ・

王力在《漢語詩律學》第五十二節中說：『到了現代普通話，入聲作上聲的字差不多完全消滅了，而入聲作去聲的字和作平聲的字則大量地增加。而且，現在它們的系統已經不像元代那樣地有條不紊了。』誠然，普通話與《廣韻》系統拉得越遠，聲調變化便越自由，越不用顧及任何變化規律。但入聲字變成舒聲，卻又漸漸多了變成上聲的，這是通過『口語變調』而產生的新聲調。

所謂口語變調，並不是『兩上連讀』和『一七八不』那些相對性的變調，而是絕對性的變調。比如『室』字，這是入聲字。普通話派去聲，漢語詞典定為去聲〔shì〕。在國內，卻越來越多人把『室』字讀成上聲。數年前，我訪問國內一所著名大學，帶我參觀實驗室的兩位教員都不斷把『室』讀作上聲〔shǐ〕。我禁不住指着門口的『室』

字問他們：『這個字你們念「是非」的「是」還是「歷史」的「史」？』他們呆了一會，其中一人答道：『不是「歷史」的「史」嗎？』我於是有禮貌地提議大家都翻翻字典，再作討論。後來，我從廣播中留意到，把『室』讀成『史』的人着實不少。這正是『室』字脫離了入聲讀法後，通過口語變調而形成的另一個變化。王力說入聲作上聲的字差不多完全消滅；不過，我看入聲派平派去之後，再通過口語變調變成上聲的現象還存在着。

『繁複』、『複雜』的『複』本來是入聲字，普通話一直派去聲，讀〔fù〕。但現在越來越多人把『複』字讀上聲。所以『入聲作上』恐怕還不會完全消失。但這都是沒有特定規律的變化。

普通話不受韻書規範，所以聲調變得不穩定。通過『口語變調』的渠道，普通話這幾十年來增加了不少陰平和上聲字。粵語的口語變調也是以變成陰平和陰上聲為主，但只限於在口語中使用，原來的聲調一般不會被取代。不過普通話的變調用久了便會被普通話審音委員會視為正讀，原來的正讀便變成舊讀，等候消失。根據漢語詞典，『因為』的『為』讀第四聲。目前，越來越多北方人把『因為』的『為』讀第二聲，和『行為』的『為』同調。看來，〔yīnwèi〕很快便會變成舊讀，取而代之的將會是〔yīnwéi〕。

普通話聲調變化的方向，除了口語變調的變成陰平和上聲外，餘下的可算是無定向，總之變成甚麼調都有可能，使編字典的疲於奔命。為了顯示普通話聲調如何變動不居，我從香港商務印書館 1947 年版《漢語詞典》中選取了五十個字，表列注音；再從北京商務印書館 1997 年版《現代漢語詞典》抄錄這五十個字的注音。讀者一看便會知道數十年間普通話讀音變調之多。表中還列出該五十個字的《廣韻》切語和商務印書館（香港）有限公司全資附屬機構香港教育圖書公司 1999 年版《粵音正讀字彙》的粵讀注音，讓讀者用來跟普通話聲調作比較。《漢語詞典》注音用的是ㄅㄆㄇㄈ註音字母，我已把有關註音換成對應的漢語拼音字母，方便閱讀。

普通話變調舉例

例字	《漢語詞典》 （1947） 註音字母版	《現代漢語詞典》 （1997） 漢語拼音字母版	《廣韻》	《粵音正讀字彙》 （1999）
1 廣<u>播</u>	bò　　　去	bō　　陰平	補過切 清・去	ˉbɔ　　陰去
2 廣<u>場</u>	① cháng　陽平 ② chǎng (語音) 　　　　　上	chǎng　　上	直良切 濁・平	ˌtsœŋ　陽平
3 <u>雌</u>雄	① cī　　陰平 ② cí (又讀) 陽平	cí　　陽平	此移切 清・平	ˈtsi　陰平
4 <u>導</u>師	① dào　　去 ② dǎo (語音) 上	dǎo　　上	徒到切 濁・去	ˍdou　陽去

5 舞蹈	dào	去	dǎo	上	徒到切 濁·去	_dou 陽去
6 理髮	fǎ	上	fà	去	方伐切 清·入	ˉfat 中入
7 帆船	① fán 陽平 ② fān 陰平 〔按：用於『帆布』一詞〕		fān	陰平	符芝切 濁·平	ˌfan 陽平
8 藩屬	fán	陽平	fān	陰平	附袁切 濁·平	ˌfan 陽平
9 崗位	① gāng 陰平 ② gǎng (又讀) 上		gǎng	上	古郎切 清·平	ˈgɔŋ 陰平
10 估計	① gū 陰平 ② gǔ (又讀) 上		gū	陰平	公戶切 清·上	ˇgu 陰上
11 功績	jī	陰平	jì	去	則歷切 清·入	ˈdzik 陰入
12 蹤跡	jī	陰平	jì	去	資昔切 清·入	ˈdzik 陰入
13 寂寞	jí	陽平	jì	去	前歷切 濁·入	_dzik 陽入
14 紀念	① jì 去 ② jǐ (又讀) 上		jì	去	居理切 清·上	ˇgei 陰上
15 糾紛	① jiū 陰平 ② jiǔ (又讀) 上		jiū	陰平	居黝切 清·上	ˇgɐu 陰上
16 研究	① jiù 去 ② jiū (又讀) 陰平		jiū	陰平	居祐切 清·去	ˉgɐu 陰去

94

17 細菌	jùn 去		jūn 陰平	渠殞切 濁·上	正 ˇkwɐn 陽上 語 ˇkwɐn 陰上
18 勘驗	① kàn 去 ② kān 陰平 〔按：用於『校勘』一詞〕		kān 陰平	苦紺切 清·去	ˉhɐm 陰去
19 品茗	① mǐng 上 ② míng（又讀）陽平		míng 陽平	莫迥切 濁·上	ˇmiŋ 陽上
20 樸素	pú 陽平		pǔ 上	匹角切 清·入	ˉpɔk 中入
21 期待	① qí 陽平 ② qī（又讀）陰平		qī 陰平	渠之切 濁·平	ˌkei 陽平
22 侮辱	① rù 去 ② rǔ（又讀）上		rǔ 上	而蜀切 濁·入	ˍjuk 陽入
23 大使	① shǐ 上 ② shì（又讀）去		shǐ 上	踈吏切 清·去	ˉsi 陰去
24 識見	shì 去		shí 陽平	賞職切 清·入	ˈsik 陰入
25 叔父	shú 陽平		shū 陰平	式竹切 清·入	ˈsuk 陰入
26 淑女	shú 陽平		shū 陰平	殊六切 濁·入	ˍsuk 陽入
27 波濤	① táo 陽平 ② tāo（又讀）陰平		tāo 陰平	徒刀切 濁·平	ˌtou 陽平
28 突然	tú 陽平		tū 陰平	陀骨切 濁·入	ˍdɐt 陽入

29 危險	wéi	陽平	wēi	陰平	魚為切 濁·平	₁ŋei 陽平
30 薔薇	wéi	陽平	wēi	陰平	無非切 濁·平	₁mei 陽平
31 微小	① wéi 陽平 ② wēi (又讀) 陰平		wēi	陰平	無非切 濁·平	₁mei 陽平
32 巍峨	wéi	陽平	wēi	陰平	語章切 濁·平	₁ŋei 陽平
33 偽造	wèi	去	wěi	上	危睡切 濁·去	ŋei⁻ 陽去
34 紊亂	wèn	去	wěn	上 (舊讀 wèn)	亡運切 濁·去	mɐn⁻ 陽去
35 女巫	① wú 陽平 ② wū (語音) 陰平		wū	陰平	武夫切 濁·平	₁mou 陽平
36 誣告	① wú 陽平 ② wū (語音) 陰平		wū	陰平	武夫切 濁·平	₁mou 陽平
37 昔日	xí	陽平	xī	陰平	思積切 清·入	ˈsik 陰入
38 夕陽	xì	去	xī	陰平	祥易切 濁·入	₋dzik 陽入
39 安息	xí	陽平	xī	陰平	相即切 清·入	ˈsik 陰入
40 暇日	① xià 去 ② xiá (又讀) 陽平		xiá	陽平	胡駕切 濁·去	₋ha 陽去

41 商**鞅**	① yǎng 上 ② yāng (又讀) 陰平	yāng 陰平 (舊讀 yǎng)	於兩切 清·上	✓jœŋ 陰上
42 **椰**子	yé 陽平	yē 陰平	以遮切 濁·平	⌐jɛ 陽平
43 中**庸**	① yōng 陰平 ② yóng (又讀) 陽平	yōng 陰平	餘封切 濁·平	⌐juŋ 陽平
44 **傭**工	① yōng 陰平 ② yóng (又讀) 陽平	yōng 陰平	餘封切 濁·平	⌐juŋ 陽平
45 **擁**護	① yǒng 上 ② yōng (又讀) 陰平	yōng 陰平	於隴切 清·上	✓juŋ 陰上
46 **着**急	zhāo 陰平	zháo 陽平	直略切 濁·入	ˍdzœk 陽入
47 **質**料	zhí 陽平	zhì 去 〔按：和『人質』的 『質』同調〕	之日切 清·入	ˈdzɐt 陰入
48 建**築**	zhú 陽平	zhù 去	張六切 清·入	ˈdzuk 陰入
49 **縱**橫	zōng 陰平	zòng 去 〔按：和『放縱』的 『縱』同調〕	即容切 清·平	ˈdzuŋ 陰平
50 **綜**合	zòng 去	zōng 陰平	子宋切 清·去	ˉdzuŋ 陰去

上述五十個字的普讀，從 1947 到 1997 這五十年間，聲調變更的方向如下：

一、陽平變陰平：
　　帆、藩、期、叔、淑、濤、突、危、薇、
　　微、巍、巫、誣、昔、息、椰、庸（又讀）、傭
　　（又讀）。

二、上變陰平：
　　估（又讀）、糾（又讀）、鞅、擁。

三、去變陰平：
　　播、究、菌、勘、夕、綜。

四、陰平變陽平：
　　雌、着。

五、上變陽平：
　　茗。

六、去變陽平：
　　暇、識。

七、陰平變上：
　　崗。

八、陽平變上：
　　場、樸。

九、去變上：

　　導、蹈、使（大使）（又讀）、辱、偽、紊。

十、陰平變去：

　　跡、績、縱（縱橫）。

十一、陽平變去：

　　寂、質（質料）、築。

十二、上變去：

　　髮、紀（又讀）。

朝鮮

　　上表並沒有包括一個常用的專有名詞 —— 朝鮮。目前，全世界都關注朝鮮半島的局勢，所以新聞報道常常會聽到『朝鮮』一詞。香港的主播全部讀『朝鮮』如『潮仙』，這是對的。普通話通過口語變調，把『朝鮮』讀作『潮冼』，即『知德者鮮矣』的『鮮』。怕的是香港媒體對自己的粵語讀音沒信心，老是以為人家讀的音一定比自己的正確，所以我們也很難保證香港媒體日後不會跟從國內媒體把『朝鮮』誤讀為『潮冼』。

　　《史記・朝鮮列傳》唐司馬貞〈索隱〉：『案：朝音潮，直驕反。鮮音仙。』『直』是陽聲，『驕』是平聲，『直驕反』就是陽平聲的『潮』。陽平聲塞擦音聲母一定要送

氣，所以『潮』讀〔tsiu〕。唐張守節〈正義〉：『潮仙二音。』另外，《廣韻》下平聲『宵』韻『陟遙切』(陰平聲) 有『朝』字，解云：『又朝鮮，國名。』至於同韻讀『直遙切』(陽平聲) 的『朝』字卻沒有涉及『朝鮮』。故知當時『朝鮮』的『朝』也讀如『朝辭白帝彩雲間』的『朝』。

『朝鮮』的『鮮』自古以來都不讀上聲。梁元帝〈姓名詩〉：『征人習水戰，辛苦配戈船。夜城隨偃月，朝軍逐避年。龍吟澈水渡，虹光入夜圓。濤來如陣起，星上似烽然。經時事南越，還復討朝鮮。』全詩以平聲〔-n〕收音字叶韻，故『朝鮮』的『鮮』字不讀仄聲明矣。

・ 是罔民也 ・

普通話脫離了中古音的規範，聲調變化有如脫韁之馬。現在，不但原入聲的變化無跡可尋，連非入聲的變化也了無矩矱。我的內地學生都明白這些。諷刺的是，現在還有香港人說反切是普通話用的，又說唐詩最宜以普通話誦讀。究竟是誰沒良心，愚弄了他們？

第三章　維南有箕

・捨本逐末・

數十年來，香港政府用在英語教學上的金錢不為不多，但一般香港華人連最基本的二十六個英文字母也不能全讀得準確。我們的英語教學法誤人之深，可以想見。

很多香港華人說英語時發音怪異，又不明白英語長短元音、輕重音節的道理，英語發音就像粵語發音一樣，長短不分，九聲俱備。再加以文法錯亂，用字不當，說起英語來的確不太像英語。本來外語說得不好不是甚麼問題，但花費大量公帑從事英語教學竟然產生這樣可悲的效果，就是大問題了。究其原因，就在於我們教非母語英語不從根柢做起。教非母語英語的根柢是甚麼呢？跟教其他非母語一樣——拼音。我們要糾正母語發音的錯誤，尚且要借助拼音符號，更何況學習外語？香港中、小學過去三十多年來教授英語，多是奉行以前教育署（前身是教育司署）所提倡的傳意（教學／學習）法（the communicative approach），但求多『講』，而不重視學外語必要的結構（教學／學習）法（the structural approach），即學拼音（e.g. using the audio-lingual method），學語法，學文句結構。香港是華人社會，一般

華人學生哪有機會多說英語呢？香港華人晚上看電視多是看中文台，以致英文台收視率甚低。他們連聽英語也沒興趣，更遑論講英語了。縱使學生有機會多講英語，但他們連拼音和語法的基本法則都不懂，講的英語跟pidgin English 有甚麼分別？Pidgin English 何須用納稅人的錢到學校去學？

上世紀七十年代，教育署鼓吹以傳意法學習英語，於是一批又一批英文科督學走到學校去，大喊：'Throw away your grammar books!' 我們看見學生的英語水平下降得這樣快，便知道當時的港式文化大革命相當成功。

我和教育署當時的看法並不一樣。我一向認為我們學每一種非母語語文都應該先學習拼音和正確發音。我們不論說哪種語言，如果發音正確，溝通容易，對該語言才會產生親切感，而不是疏離感或恐懼感。這是學非母語的第一步。接着，我們鑽研語法，多讀，多寫，多聽，多講，才會熟能生巧。英語自然也不例外。

我指的英語拼音，不只是英文字母的連綴，而是國際音標的拼音。單看英文字母的連綴，未必能猜得到正確讀音。例如〈Graham〉（〔ˈɡreɪəm〕）在讀出時〈h〉無聲，〈Keswick〉（〔ˈkezɪk〕）的〈w〉無聲，〈viscount〉（〔ˈvaɪkaʊnt〕）的〈s〉無聲，〈calf〉（〔kɑːf〕）的〈l〉無聲，

〈debt〉(〔det〕) 的〈b〉無聲；而〈Thames〉(〔temz〕)、〈quay〉(〔kiː〕) 和〈indict〉(〔ɪnˈdaɪt〕) 等詞的字母連綴和實際讀音差異更大。所以，國際音標——International Phonetic Alphabet (IPA) 才是開啟英語之門的鑰匙。這一套字母由成立於 1886 年的 International Phonetic Association (IPA) 製訂。我們可簡稱整套字母為 'IPA'；系統內的符號則是 'IPA symbols'。如果我們懂得國際音標，又願意翻查英文字典看看二十六個字母的注音，便不會讀錯那麼多字母了。

現在讓我們看看香港華人最常讀錯哪些英文字母。為了避免混淆，本文的英語讀音全依發源於南英格蘭的公認正確發音——received pronunciation (RP)，並只用 *The Concise Oxford Dictionary* (Oxford University Press〔eighth edition〕, 1990) 的拼音符號。不過，受了美式英語的影響，英式英語一部分傳統中置於輕音節的〔ɪ〕元音現在已變成〔ə〕元音。*Oxford Advanced Learner's Dictionary* (Oxford University Press〔fifth edition (5th impression)〕, 1997) 都紀錄了。以下是一些例字：

英文例字	*Concise Oxford*	*Oxford AL*	備註
business	ˈbɪznɪs	ˈbɪznəs	
holiday	ˈhɒlɪdeɪ	ˈhɒlədeɪ	
tigress	ˈtaɪgrɪs	ˈtaɪgrəs	
toilet	ˈtɔɪlɪt	ˈtɔɪlət	
university	ˌjuːnɪˈvɜːsɪtɪ	ˌjuːnɪˈvɜːsəti	*
represent	ˌreprɪˈzent	ˌreprɪˈzent	不變
women	ˈwɪmɪn	ˈwɪmɪn	不變

* 〔i〕 表示可讀長元音〔iː〕，又可讀短元音〔ɪ〕。

我在本文選擇了較傳統的讀音作示例之用。

英文字母英式英語讀音表

英文字母	RP	港式錯讀	備註	
a	eɪ			① 〔ef〕、〔el〕、〔em〕、〔en〕、〔es〕和〔ed〕各音，港式英語根據粵音讀〔ɛf〕、〔ɛl〕、〔ɛm〕、〔ɛn〕、〔ɛs〕和〔ɛd〕。這變讀並不影響溝通。
b	biː			
c	siː			
d	diː			
e	iː	jiː		
f	ef		①	
g	dʒiː			
h	eɪtʃ	ɪktʃ		
i	aɪ			② 〔əʊ〕音，港式英語根據粵音讀〔oʊ〕。〔oʊ〕也是南英格蘭以外地區常用的讀法，並不算錯讀。
j	dʒeɪ			
k	keɪ			
l	el		①	
m	em		①	
n	en		①	
o	əʊ		②	
p	piː			③ (r) 表示〔r〕音只會和下字字頭的元音連讀，而不會在其他情況下發出。
q	kjuː			
r	ɑː(r)	ɑːrl	③	
s	es		①	
t	tiː			
u	juː			
v	viː			④ (ə) 表示〔ə〕音可讀可不讀。
w	ˈdʌb(ə)ljuː	ˈdʌbɪjuː	④	
x	eks	ɪks		
y	waɪ			
z	zed	jɪˈzed	①	

可以看得出，二十六個英文字母當中，有六個是我們日常讀錯的。這是港式英語的特色，似乎已成為根深柢固的本地文化，卻絕非英語應有的文化。

我們讀英文字母已經這樣困難，說英語時顧此失彼，發音問題自然更大。我現在就輔音和元音的發音探討一下問題所在。

· 輔音 ·

如果初學時缺乏嚴格訓練，任何人說非母語時都會傾向以母語的發音取代近似的外語發音，不論輔音或元音都可作如是觀。久而久之，便會根深柢固，無法改變。

〔n〕

輔音方面，習慣把粵語〔n-〕聲母讀成〔l-〕聲母的香港人會把這發音缺陷帶到其他語言去，說英語也不例外。下表舉數例：

英文例字	RP	港式讀音 （近似音）
announcement	əˈnaʊnsmənt	ɛnˈlɑːŋsmʌnt
business	ˈbɪznɪs	ˈbɪslɛs
financial	faɪˈnænʃ(ə)l	faɪˈlɛnsoʊ*
international	ˌɪntəˈnæʃən(ə)l	ˌɪntəˈlɛsønloʊ*
know	nəʊ	loʊ
nice	naɪs	laɪs
no	nəʊ	loʊ
not	nɒt	lɒt
tunnel	ˈtʌn(ə)l	ˈtʌnloʊ*

* 粵音沒有〔əl〕，故港式英語以〔oʊ〕代替〔əl〕，如〈Mabel〉（〔ˈmeɪb(ə)l〕）則讀作〔ˈmeɪboʊ〕，〈total〉（〔ˈtəʊt(ə)l〕）則讀作〔ˈtoʊtoʊ〕。發音能力較強的則以〔oʊl〕代替〔əl〕。

〔r〕

　　粵音沒有〔r〕音，所以有些香港人發不了輔音後的〔r〕音，不經意地把〔r〕發成〔w〕。舉例如下：

英文例字	RP	港式讀音 （近似音）
bruce	bruːs	buːs
trick	trɪk	twɪk
trust	trʌst	twʌst

　　置於字前頭的〔r〕音，如〈write〉、〈right〉，一般香港人都能發。不過，早前看電視時聽見一位藝員把〈Roy〉（〔rɔɪ〕）讀成〔wɔɪ〕，又聽見一位專業人士把〈random〉

（〔ˈrændəm〕）讀成〔ˈwɛndʌm〕，我才知道真的有人連字頭的〔r〕音也發不了。

〔v〕

粵音沒有〔v〕音，所以港式英語把〔v〕發成〔w〕或〔f〕。一般來說，字頭的〔v〕變〔w〕，字中的〔v〕變〔f〕。舉例如下：

英文例字	RP	港式讀音 （近似音）
very	ˈverɪ	ˈwɛrɪ/ ˈwɛri:
Vicky	ˈvɪkɪ	ˈwɪkɪ/ ˈwɪki:
Victoria	vɪkˈtɔ:rɪə	wɪkˈtɒrɪə/ wɪkˈtɒrɪɑ
eleven	ɪˈlev(ə)n	ji:ˈlɛfʌn
seven	ˈsev(ə)n	ˈsɛfʌn

〔θ〕、〔ð〕、〔ʃ〕、〔ʒ〕、〔z〕

〔θ〕、〔ð〕、〔ʃ〕、〔ʒ〕和〔z〕都是粵音所無的。以下是英語的四對摩擦音。這幾個輔音有些易讀，有些難讀。表列如下：

輔音	英文例字	RP	輔音	英文例字	RP
f	fair fashion	feə(r) ˈfæʃ(ə)n	v	vague very	veɪg ˈverɪ

θ	thin thousand	θɪn ˈθaʊz(ə)nd	ð	that then	ðæt ðen
s	sum sun	sʌm sʌn	z	zero zoo	ˈzɪərəʊ zuː
ʃ	chandelier show	ʃændɪˈlɪə(r) ʃəʊ	ʒ	decision pleasure	dɪˈsɪʒ(ə)n ˈpleʒə(r)

以上每對摩擦音的第二個音較難掌握，其中〔ð〕多會發成〔d〕，〔ʒ〕多會發成〔ʃ〕。〔z〕後面如果是開口呼和齊齒呼便發成〔s〕，如果是合口呼便發成〔ʃ〕。

〔tʃ〕、〔dʒ〕

至於塞擦輔音〔tʃ〕(as in〔ˈtʃæptə(r)〕) 和〔dʒ〕(as in〔dʒɑː(r)〕)，粵音有近似的聲母〔ts-〕和〔dz-〕。其分別在英語的〔tʃ〕和〔dʒ〕是圓唇的，而粵音的〔ts-〕和〔dz-〕是不圓唇的。如果用不圓唇的方法發〔tʃ〕和〔dʒ〕這兩個音，恐怕也會使聽者肉麻。

〈s〉

另外，〈s〉字母何時念〔s〕，何時念〔z〕，對以英語為外語的人來說，是一件十分令人苦惱的事。〈insert〉(〔ɪnˈsɜːt〕(v);〔ˈɪnsɜːt〕(n)) 和〈winsome〉(〔ˈwɪnsəm〕) 的〈s〉讀〔s〕，但〈windsor〉(〔ˈwɪnzə(r)〕) 的〈s〉卻讀〔z〕；〈cursive〉(〔ˈkɜːsɪv〕) 和〈cursor〉(〔ˈkɜːsə(r)〕) 的〈s〉

讀〔s〕，但〈jersey〉（〔'dʒɜːzɪ〕）的〈s〉卻讀〔z〕；〈resign〉（〔rɪ'zaɪn〕）的〈s〉讀〔z〕，但〈research〉（〔rɪ'sɜːtʃ〕）的〈s〉卻讀〔s〕。〈bus〉讀〔bʌs〕，〈busy〉卻讀〔'bɪzɪ〕；〈busily〉讀〔'bɪzɪlɪ〕，但〈business〉卻讀〔'bɪznɪs〕。初學英語者會摸不着頭腦。但習慣如此，也沒法有系統地加以分析。

英文複數名詞和現在式跟第三人稱主語相應動詞末的〈s〉字母，甚麼時候是〔s〕音值，甚麼時候是〔z〕音值，對一個未經提點的人來說，也是難以分辨的。其實，凡是〔t〕、〔p〕、〔k〕、〔θ〕和〔f〕後面的〈s〉讀〔s〕，不然的話便讀〔z〕。前一類五個輔音全是不帶音 (voiceless) 的，所以餘音便是不帶音〔s〕。元音和帶音 (voiced) 的輔音後面的〈s〉便讀帶音〔z〕。舉例如下：

英文例字	RP	英文例字	RP
fights gates repents	faɪts geɪts rɪ'pents	fighters grades depends	'faɪtəz greɪdz dɪ'pendz
lips ropes stops	lɪps rəʊps stɒps	ribs robes stoppages	rɪbz rəʊbz 'stɒpɪdʒɪz
cheques discs docks	tʃeks dɪsks dɒks	begs discusses dogs	begz dɪ'skʌsɪz dɒgz

breaths eighths moths	breθs eɪtθs mɒθs	breathes eighties soothes	briːðz ˈeɪtɪz suːðz
cuffs laughs telegraphs	kʌfs laːfs ˈtelɪˌgraːfs	gloves calves telegrams	glʌvz kaːvz ˈtelɪˌgræmz

〈z〉

因為〔t〕、〔p〕、〔k〕等輔音不帶音,所以縱使緊隨其後而又在字尾的字母是〈z〉而不是〈s〉,讀的時候〈z〉也要讀〔s〕。這情形似乎只發生在名詞尾的〈t〉和〔t〕後面。舉例如下:

英文 / 外文例字	RP
Franz Fritz hertz megahertz	frænts frɪts hɜːts ˈmegəˌhɜːts

· 元音 ·

元音方面,說港式英語的人一般都混淆長短音,這也容易影響溝通。我曾親眼見到一位朋友在酒吧向英國

侍應要 'another port'，英國侍應以為他想多要一個茶壺。混淆長短音的現象有四：第一是〔æ〕和〔e〕不分，〔æ〕會讀成〔ɑ:〕或〔ɛ〕，〔e〕則全讀成〔ɛ〕；第二是〔i:〕和〔ɪ〕搖擺不定；第三是〔ɔ:〕和〔ɒ〕不分，都讀成〔ɒ〕；第四是〔u:〕和〔ʊ〕分不清楚，有時把〔ʊ〕讀成〔u:〕。現在分別討論一下。

〔ɑ:〕、〔æ〕、〔ɛ〕、〔e〕

　　粵音有〔ɑ:〕，沒有〔æ〕；粵音沒有〔e〕，卻有近似〔e〕的〔ɛ〕。因此，港式英語發音會變〔e〕為〔ɛ〕，變〔æ〕為〔ɛ〕，偶然變〔æ〕為〔ɑ:〕，但求捨難取易。〔e〕讀成〔ɛ〕並不構成大問題；但當〔æ〕讀成〔ɛ〕時，便會和〔e〕混淆。以下表列例字：

英文例字	港式讀音（近似音）	RP	港式讀音（近似音）	RP	RP
	〔ɑ:〕	〔æ〕	〔ɛ〕	〔e〕	〔eə〕
Alex traffic	'ɑ:lɪks 'trɑ:fɪk/ 'twɑ:fɪk	'ælɪks 'træfɪk			
cattle kettle		'kæt(ə)l	'kɛtoʊ 'kɛtoʊ	'ket(ə)l	
fairies ferries			'fɛrɪs/ 'fɛri:s 'fɛrɪs/ 'fɛri:s	'ferɪz	'feərɪz

英文例字	港式讀音（近似音）[aː]	RP [æ]	港式讀音（近似音）[ɛ]	RP [e]	RP [eə]
gather together		ˈgæðə(r)	ˈgɛdə/ ˈgɛdaː tuːˈgɛdə/ tuːˈgɛdaː	təˈgeðə(r)	
jam gem		dʒæm	dʒɛm dʒɛm	dʒem	
man men		mæn	mɛn mɛn	men	
marry merry Mary		ˈmærɪ	ˈmɛrɪ/ ˈmɛriː ˈmɛrɪ/ ˈmɛriː ˈmɛrɪ/ ˈmɛriː	ˈmerɪ	ˈmeərɪ
sand send		sænd	sɛnd sɛnd	send	
tan ten		tæn	tɛn tɛn	ten	
track check		træk	trɛk/ twɛk tʃɛk	tʃek	

〔iː〕、〔ɪ〕

粵音有〔iː〕，也有〔ɪ〕，後者不會獨自存在，只附在〔-iŋ〕和〔-ik〕之中，如『精』、『織』的韻腹元音便是。我們因為不會查英文字典，缺乏信心，說英語時會出現顛倒長短音的讀法。舉例如下：

英文例字	RP	港式讀音 （近似音）
cheap	tʃiːp	tʃɪp
chief	tʃiːf	tʃɪf
chip	tʃɪp	tʃiːp
least	liːst	lɪst
please	pliːz	plɪs/prɪs

〔ɔː〕、〔ɒ〕

粵音沒有長音〔ɔː〕，只有短音〔ɒ〕，所以港式英語的發音沒有長音〔ɔː〕，因此應該讀〔ɔː〕的都讀成〔ɒ〕。甚至應該讀〔ɔːl〕的韻腹也讀成〔ɒ〕。舉例如下：

英文例字	RP	港式讀音 （近似音）
fault	fɔ:lt	fɒt
fort	fɔ:t	fɒt
hawk	hɔ:k	hɒk
Paul	pɔ:l	pɒl
port	pɔ:t	pɒt
saw	sɔ:	sɒ
short	ʃɔ:t	ʃɒt
taught	tɔ:t	tɒt

〔u:〕、〔ʊ〕

粵音有近似〔u:〕和〔ʊ〕的音，後者藏在〔-uŋ〕和〔-uk〕之中，如『東』、『篤』的韻腹元音便是。粵音〔-u〕和英語〔u:〕其實不算太相似，但把〔u:〕當做粵音〔-u〕來讀並不會引起誤會。本來我們發長音〔u:〕和短音〔ʊ〕都不會有大困難，但有時卻受字母〈u〉和〈oo〉的影響而把短音〔ʊ〕讀成長音〔u:〕。舉例如下：

英文例字	RP	港式讀音 （近似音）	備註
boot foot	bu:t fʊt	bu:t fu:t	無誤
food good	fu:d gʊd	fu:d gu:d	無誤
fool full	fu:l fʊl	fu:l fu:l	無誤

〈ex〉

因為香港華人說英語習慣把〈x〉(〔eks〕) 字母誤讀為〔ɪks〕，所以見到英文字的〈ex〉便會讀〔ɪks〕，那麼讀錯的機會就很大。〈ex〉作為輕音節有時的確讀〔ɪks〕，有時卻不是。〈ex〉作為重音節肯定不讀〔ɪks〕。舉例如下：

英文例字	RP
excel except exchange	ɪkˈsel ɪkˈsept ɪksˈtʃeɪndʒ
exact executive exist	ɪɡˈzækt ɪɡˈzekjʊtɪv ɪɡˈzɪst
expatriate extrinsic exurbia	eksˈpætrɪət (adj. & n.) ekˈstrɪnsɪk eksˈɜːbɪə
excellent execute extra	ˈeksələnt ˈeksɪˌkjuːt ˈekstrə
exaltation existential exit	ˌeɡzɔːlˈteɪʃ(ə)n ˌeɡzɪˈstenʃ(ə)l ˈeɡzɪt/ˈeksɪt
dexterity nexous next	dekˈsterɪtɪ ˈneksəs nekst

⟨com⟩

香港華人說英語也受到⟨come⟩（〔kʌm〕）讀音的影響。⟨come⟩是常用字，而〔kʌm〕和粵音〔ɐm〕頗近似，易於模仿，所以一般香港人看見英文字的⟨com⟩或⟨come⟩音節，便很自然地讀〔kʌm〕。這當然是有問題的。以下的例字顯示這音節的三個不同讀音：

英文例字	RP
comfort company compass	ˈkʌmfət ˈkʌmpənɪ ˈkʌmpəs
commerce common complimentary	ˈkɒmɜːs ˈkɒmən ˌkɒmplɪˈmentərɪ
command compose welcome	kəˈmɑːnd kəmˈpəʊz ˈwelkəm

表中首兩組的⟨com⟩在重音節，分別讀〔kʌm〕和〔kɒm〕；第三組的⟨com⟩和⟨come⟩在輕音節，讀〔kəm〕。

〔ə〕

〔ə〕是英語常用的含糊音（indeterminate sound）。這符號，我們會叫做 'inverted⟨e⟩'，但正式的稱謂

是〈schwa〉，讀〔ʃwaː〕或〔ʃvaː〕；又作〈sheva〉，讀〔ʃəˈvaː〕。我選擇〈schwa〉，讀〔ʃvaː〕，以保存這個字的德語讀法。〔ə〕是短音，在英式英語的輕音節中常常出現。舉例如下：

英文例字	RP
ago	əˈgəʊ
certificate	səˈtɪfɪkət
China	ˈtʃaɪnə
Europe	ˈjʊərəp
mother	ˈmʌðə(r)
oblige	əˈblaɪdʒ
Oxford	ˈɒksfəd
police	pəˈliːs
success	səkˈses
thorough	ˈθʌrə

以上的例字都藏有〔ə〕音素。如果發不出這個輕音節短元音，說的英語就不會像英語。

十個常用英文字的港式讀者

例字	RP	港式讀音（近似音）
Alex	ˈælɪks	ˈɑːlɪks
default	dɪˈfɔːlt / dɪˈfɒlt	diːˈfɒt
dove	dʌv	daʊf
lounge	laʊndʒ	lɒntʃ
national	ˈnæʃən(ə)l	ˈlɛʃønloʊ/ˈlɛsønloʊ
Oxford	ˈɒksfəd	ˈɒksfɒd
proposal	prəˈpəʊz(ə)l	proʊˈpoʊsoʊ/ poʊˈpoʊsoʊ
sound	saʊnd	sɑːnd
soup	suːp	soʊp
toilet	ˈtɔɪlɪt	ˈtɔɪlɛt

· Linking ·

　　要能說像英語的英語，還要克服 linking 這個困難。
Linking 和法語的 liaison 一樣，指的是講、讀時把字尾的
輔音和下一個字頭的元音連在一起（有些字尾輔音如果沒
有元音緊隨是不會發的，如英語〈mother〉的〈r〉和法語
〈c'est〉的〈t〉便是。〈c'est〉的〈s〉則是絕對無聲的。因
不在字尾，更與 liaison 無涉）。這是中國語所沒有的。

請看下面的例句：

(1) She hasn't returned.

這例句逐字讀是〔ʃi: ˈhæznt rɪˈtɜ:nd〕，整句讀是〔ʃɪˈhæznt rɪˈtɜ:nd〕或〔ʃɪˈhæznrɪˈtɜ:nd〕，並沒有 linking 的現象。

(2) She hasn't agreed.

這例句逐字讀是〔ʃi: ˈhæznt əˈgri:d〕，整句讀是〔ʃɪˈhæzntəˈgri:d〕，〔t〕和〔ə〕連讀。決不能讀〔ʃɪˈhæznəˈgri:d〕。這裏〈t〉便成為一個 linking〈t〉。

(3) She's a mother of three.

這例句逐字讀是〔ʃi:z eɪ ˈmʌðə ɒv θri:〕，整句讀是〔ˈʃi:zə ˈmʌðərəv θri:〕或〔ʃi:zəˈmʌðərəvˈθri:〕。這句子有兩處出現 linking 現象，第一字尾的〈s〉是一個 linking〈s〉，第三字尾的〈r〉是一個 linking〈r〉。

說英語不能處理 linking 便一定會影響溝通。請看看這不完全句 —— 'The King and I'。我們可以說成〔ðəˈkɪŋ ænˈdaɪ〕、〔ðəˌkɪŋənˈdaɪ〕或〔ðəˌkɪŋənˈtaɪ〕。如果

我們把〔d〕音丟了，這不完全句就變成〔ðə͵kɪŋəˈnaɪ〕。一個不明白中文習性的外國人便會聽到不合語法的 'The king an eye'，從而聯想到 'An eye for an eye, a tooth for a tooth'（〔əˈnaɪ fərəˈnaɪ, əˈtu:θ fərəˈtu:θ〕）。他肯定不能立刻知道我們指的是『國王與我』。

　　當然，對一個英語是他唯一母語或其中一個母語的人來說，上述所有關乎發音的問題恐怕都不是問題。這就要看那人是三歲前便常常聽真英語和開始講英語還是五歲後才學英語了。如果以英語作非母語來學，國際音標是一個非常有效的學習工具。日常多看英語電影和英語電視節目當然更好 —— 只要不看中文字幕。

˙ 敲門都不應 ˙

　　我一向認為母語發音不準確的人辨音能力會較低，因而會把母語的錯誤發音也移到非母語去。我在本書第一部第二章提及一位教公務員普通話的老師在一次拼音練習時發生的事情。這個練習是由她讀詞語，學員寫下相應的拼音；再由她說出答案，學員可以立即批改自己的練習。練習中的一個詞是『頭腦』。當她說出『腦』字的拼音〔nǎo〕時，室內驚詫之聲四起。原來大部分學員

把〔l-〕作為『腦』字的聲母。這是因為不少香港人日常聽和講粵語都把〔n-〕誤作〔l-〕，由於腦袋裏沒有〔n-〕，於是連普通話的〔n-〕也誤作〔l-〕。

第二章又談及我在中區一間百貨商店購物時，看見一位女售貨員指着櫃台上三把餐刀，用香港人慣用的急促、沒節奏的語調問一位外國顧客：'Your life? Your life?' 那女售貨員用〈life〉來指稱三把餐刀，既錯在發音，也錯在文法，正充分顯露了港式英語的特徵。

幾前年一個晚上，我邊開車回家邊聽收音機，扭到某電台，剛好聽見一位移民後回來度假的前女藝員對節目主持人說：'Lock the door.' 我剛收聽那頻道，不知道來龍去脈，只聽到她說要鎖門。再聽下去，原來她在談移民後的奮鬥史。她說：『機會是要尋找的，不是等待的。所以我常說：'Lock the door,' 要敲門才會有回應。』那時我才恍然大悟。發音方面，她把〔n〕起音的〈knock〉說成〔l〕起音的〈lock〉；語法方面，她竟然不知道〈knock〉後面要有前置詞〈at〉或〈on〉才解作『敲門』的『敲』。這女孩子打從香港英文中學畢業我便認識，她是真真正正的香港語文教學政策下的犧牲者。我不禁想，以前香港教育當局袞袞諸公究竟為香港學生的英語發音和語法盡過力沒有呢？整個香港在敲門，但門還是鎖着。

第四章　非禮勿言

· 非禮一 ·

　　2007 年，《星島日報》一位記者問我，『購』字以前讀送氣〔k-〕聲母，現在新聞報道員都讀不送氣〔g-〕聲母；那麼『溝』字為甚麼又不讀不送氣〔g-〕聲母。我拿出一本朱國藩博士和我編著的《粵音正讀字彙》（香港教育圖書公司，1999），翻到『購』字那頁讓記者看。《粵音正讀字彙》以〔˗gɐu〕為正讀，以〔˗kɐu〕為口語音，兩讀皆可。『購』的《廣韻》切語是『古候切』，所以粵音正讀是〔˗gɐu〕，不送氣。『購』的口語音是〔˗kɐu〕，送氣。為甚麼我們接受『購』的送氣讀法呢？因為〔˗gɐu〕的平聲〔˖gɐu〕已經成為一個禁忌音。我們的前輩於是把『溝』音變讀成〔˖kɐu〕，迴避了禁忌音，所以順便把同聲母、同聲符的『購』也變讀成送氣，而大家就順便接受了這個口語音。當然，〔˗gɐu〕並非禁忌音，所以播音員讀『購』為〔˗gɐu〕並無問題。一般人讀『購』為〔˗kɐu〕也沒問題。

　　凡是說粗話時用來直指性器官和性行為的音都可視為粗鄙音，都屬於禁忌音。廣東人早以廣東話化的北音『斑鳩』指稱男性生殖器，又把『鳩』音抽出獨用而成為粗鄙語助詞（expletive）。為了避開這禁忌音，我們便

把屬於鳥類的『鳩』(《廣韻》:『居求切。』) 讀成送氣音〔'kɐu〕。『溝』(《廣韻》:『古侯切。』) 和『鳩』的粵讀同音,所以也讀成〔'kɐu〕。而『勾』、『鉤』(《廣韻》:『古侯切。』) 則變讀為〔'ŋɐu〕。終於把〔'gɐu〕讀音清除淨盡。當然,這變化並不是瞬間而成的。《粵音正讀字彙》以〔'gɐu〕為『鳩』、『溝』的『本音』,以〔'kɐu〕為今音,即表示〔'kɐu〕已取代了〔'gɐu〕而成為『鳩』、『溝』的新讀音。

Herbert A. Giles 在 1892 年初版、1912 年修訂的 *A Chinese-English Dictionary* 裏,已給『鳩』字的粵讀注不送氣〔kau〕(即〔gɐu〕) 和送氣〔k'au〕(即〔kɐu〕) 兩音,聲調是 'even upper',即陰平。『溝』、『篝』則只注不送氣〔kau〕(即〔gɐu〕) 音,聲調是 'even upper'。『勾』也只注不送氣〔kau〕(即〔gɐu〕) 音,聲調是 'even upper'。但『鉤』卻已注〔ngau〕(即〔ŋɐu〕) 音,聲調是 'even upper'。至於『冓』、『媾』、『搆』、『構』、『覯』、『購』、『遘』的粵讀則仍然是不送氣〔kau〕(即〔gɐu〕),聲調是 'sinking upper',即陰去,並沒有送氣音。可見粵音讀這些字為送氣是較晚的事情。

·非禮二 ·

另外一個平時避而不用的音是〔✓diu〕。『屌』是一個比較晚出的字，指男性生殖器，明《字彙》及《正字通》的讀音是『丁了切貂上聲』，粵音讀〔✓diu〕。這個音給『粗口』佔用了，指男對女作出的交合行為，成為禁忌音。『鳥雀』的『鳥』(《廣韻》:『都了切。』) 和晚出的『屌』同音。最晚不過明代，『鳥』已經暗指男性生殖器。到『屌』更成為動詞而被視為粗鄙音，『鳥雀』的『鳥』便不能不作幾乎全國性的避諱了。其方法是避開〔d-〕和〔t-〕聲母而改用〔n-〕聲母，粵音則讀成〔✓niu〕，和「裊」字同音。『鳥』(〔✓niu〕) 字讀陽上聲是因為〔n-〕來自濁聲母，所以〔n-〕聲母字的讀書音並無陰聲調，口語音才有。

『鳥』字變讀〔n-〕聲母，當是受『裊』字的讀音所影響。『裊』是『裊』的俗字。『裊』字的《廣韻》讀音是『奴鳥切』，粵音〔✓niu〕。而最晚不過唐代，『裊』已經有『裊』這寫法，而且這寫法越來越流行。其後『鳥』字因避諱而讀作『裊』，可謂有跡可尋。

根據 *A Chinese-English Dictionary* 的注音，可知距今

一百多年前，『鳥』的北音已經是〔niɑo³〕，而粵讀已經是〔niu〕，'rising lower'，即陽上。而客家、福州、寧波、揚州、四川等方言都讀〔n-〕聲母，溫州則讀〔ng-〕（即〔ŋ-〕）聲母，漢口一帶更再變而讀〔l-〕聲母。而客家、溫州、寧波則保留不送氣爆發音聲母的白話音，福州則保留不送氣塞擦音聲母的白話音。這幾個音，Giles 都用 'vulgar' 來形容。在韓語、日語和越南語中，『鳥』字還保留近似〔d-〕的爆發音或塞擦音聲母。這些語言有自己的髒話，所以『鳥』字的古聲母不用刻意取消。

· 非禮三 ·

在英語中，粗鄙的字在一般的公開場合當然不用。但一些本來十分正當的字突然變成禁忌字，讀音突然變成禁忌音，究竟如何處理呢？辦法是，如果那些禁忌字本來是名字，就不要再用來起名。但古人或親朋都不免會叫那些本來沒問題的名字。如果有關的親朋仍然健在，那就只好直呼其名而語氣莊重一點。若是邊叫邊竊笑，後果便不堪設想了。如果叫禁忌名字的是歷史人物，就可以連姓一齊說出來，那就等於增加了音節，含意便截然不同了。

至於名字以外的字，也可用兩個方法處理。一是避而不用；二是增加音節。例如，'pussy' 在一般公開場合絕不能用，但 'pussy-cat' 就可以。

　　香港和英語本土的文化距離甚遠，所以，在英國、美國早已成為非避諱不可的名字，我們仍然加諸己身，而且讀得很爽快，並無邪念。不過言者雖然無心，聽者卻是有意。痛苦的還是『有意』的聽者，因為他知道，當他叫那『無心』的言者的英文名字時，他便在犯禁忌。

‧ 非禮四 ‧

　　因為香港教育當局多年來語文教學政策的失誤，很多香港人說英語時發音真的非常不準確；而且連二十六個英文字母的發音也無法完全掌握，例如把〈h〉（〔eɪtʃ〕）讀成〔ɪktʃ〕，把〈r〉（〔ɑ:(r)〕）讀成〔ɑ:rl〕，把〈w〉（〔ˈdʌblju:〕）讀成〔ˈdʌbɪju:〕，把〈z〉（〔zed〕）讀成〔jɪˈzed〕等。香港人讀錯這麼多英文字母，並不是要刻意迴避甚麼禁忌音。只是他們不懂國際音標，無法自學英語發音，才落到這田地。中國大陸很多學校教英語發音時用國際音標，效果當然較香港好。但是，大陸卻刻意為英文字母建立特定聲調，為的只是迴避一個禁忌

音：〔bī〕。那麼問題就嚴重了。英語並不是一個 tonal language，只不過它的重音、強音和單音節字母的發音的確接近普通話的第一聲。唯一的分別是普通話的第一聲是一個高平調，而英語的單音節字母發音是一個高浮動調。在中國，『屄』是一個比較晚出的字，指女性外生殖器。《字彙》的讀音是『篇夷切音披』及『邊迷切音卑』，《正字通》的讀音是『布非切音卑』，國音讀〔bī〕。在國內，『傻屄』（〔shǎbī〕）和『呆屄』（〔dāibī〕）是非常通行和非常粗鄙的罵人用語。『呆屄』給引進到香港來，變成形容別人智慧低下的粵語輕蔑語『低 B』（〔ˈdɐi ˈbi〕）。為了避開〔bī〕這禁忌音，講普通話的人便把大部分英語輔音字母讀成第四聲。於是〈b〉便讀成〔bì〕，〈d〉便讀成〔dì〕。久而久之，這些讀音在國內便習以為常。但這個去聲讀法對以英語為母語的人來說是一個奇怪而不自然的讀法，是英語世界不能認同的。祖國要提高英語水平，字母讀音這一關真的不知怎樣過。

『逼』字的普通話讀音也是〔bī〕。但這個字獨用的機會簡直是微乎其微，所以只須當作雙音節和多音節詞的一部分。在『逼供』（〔bīgòng〕）、『逼近』（〔bījìn〕）、『逼迫』（〔bīpò〕）、『逼真』（〔bīzhēn〕）、『逼良為娼』（〔bīliáng wéichāng〕）和『逼上梁山』（〔bīshàng Liángshān〕）等詞中，〔bī〕只是其中一個音節，並沒有給讀者和聽者帶來尷尬的感覺。

· 非禮五 ·

在外國，不幸已經變質的名字可以不用，但不幸已經變質的姓氏卻不一定可以不用。'Hooker' 是一個比較不幸的字。在美國，'hooker' 是 'prostitute'（妓女）的 slang word，又特指在街上兜搭客人的妓女。漸漸地，英國人也用這個字作為『妓女』的輕蔑指稱。但 'Hooker' 卻是一個頗普遍的姓氏。幸而 'hooker' 並不直指性器官或性行為，所以日常談話也可以用。但是，以 'Hooker' 為姓就很難避免尷尬場面了。

我在美國威斯康辛大學教書時還未到三十歲。因為比較年輕，所以我和我的美國學生特別合得來。我喜歡批評美國學生的美式英語，反而吸引了很多學生來聽我的課以及跟我談話。我相信大家都聽過 Sherlock Holmes 對 Dr. Watson 講的這句話：'Elementary, my dear Watson, elementary.' 這句話在外國家喻戶曉，提起福爾摩斯便記起這句話。不過這句話並不見於 Sir Arthur Conan Doyle 的福爾摩斯小說。在小說裏，福爾摩斯只分別講過 'my dear Watson' 和 'elementary'。在 1929 年上映的電影 *The Return of Sherlock Holmes* 才出現 'Elementary, my dear

Watson, elementary' 這後世傳誦的名句。我在威大有一個比較常見面的女學生叫 Elizabeth Hooker 。有一次，她和我討論哲學上一些概念問題。在她看來頗複雜的，在我看來卻很簡單，於是我便打趣說了一句：'Elementary, my dear Hooker, elementary.' 說完才發覺不太妥當。她卻只是嘻嘻哈哈地替自己解嘲。她說，她的姓從小就是被取笑的對象，所以她也只是哲理性地面對。

2 75 SEM. & YR.	**E ASIAN** DEPARTMENT	**295-240-6** COURSE NO.	**I-CHING-BOOK OF CHANGE** DESCRIPTIVE TITLE

GRADING SECTION
LECTURE
SECTION

TO THE INSTRUCTOR: AN UPDATED LIST OF STUDENTS IN YOUR SECTION WILL BE PROVIDED DURING THE SEMESTER. YOU WILL BE NOTIFIED OF STUDENTS WHO ADD AND DROP THIS COURSE AND SECTION.

ADMINISTRATIVE DATA PROCESSING
MADISON CAMPUS
UNIVERSITY OF WISCONSIN

STUDENT NO.	STUDENT NAME	CLASSIF & YEAR	CREDITS	FOR INSTRUCTOR USE
390-500-6031	HEMENWAY, DAVID ROBERT	BUS 4	2	
300-449-4914	HIRSSIG, DANIEL J	BS 4	2	
389-548-2309	HOOKER, ELIZABETH GAY	GENS 9	2	
068-407-2507	HORN, LISA BETH	JBA 1	2	
389-521-7242	HYMAN, CYNTHIA	BA 2	2	
200-482-2116	INGSTER, LAUREN AUDREY	BA 1	2	
388-565-8090	JENSEN, MICHAEL LELAND	BA 3	2	
398-622-3505	JERABEK, DONALD JOSEPH	BA 2	2	
399-581-8907	JERDEE, DAVID DWIGHT	PRE 1	2	
356-362-2822	KAMRATH, GLENN KENNETH	BA 3	2	
174-488-2547	KAUFFMAN, ROBERT JOHN	BA 2	2	
388-644-3872	KAZDA, BARBARA JO	BS 2	2	
215-563-1548	KELLAM, SUSAN RUTH	BA 4	2	
341-447-6691	KELLEY, KEVIN CHARLES	BA 3	2	
066-441-9603	KILRAIN, ROBIN CAROL	BA 2	2	
158-509-8179	KLETTER, DEBRA JOY	BA 2	2	
392-549-8556	KRAL, THOMAS CHARLES	JBA 4	2	
392-605-4002	KREUTZMAN, MARK C	ECE 3	2	
124-368-9849	KUNSTLER, K STEVEN	BA 4	2	
397-608-2861	LACEY, JACQUELINE ANN	FR 3	2	
392-467-1948	LAMBERT, BETSY JEANNE	BS 1	2	
389-563-1707	LANDWEHR, DOUGLAS PAUL	JBA 4	2	
399-644-7094	LEVERENZ, LYNN MARIE	ART 1	2	
477-683-0434	LEVINSON, ALAN MARK	BA 2	2	
336-526-2223	LIEBLING, FRED DOUGLAS	BA 1	2	
387-549-8226	LOCHER, RALPH MARTIN	BS 1	2	
400-783-4825	LOOMIS, MARTHA ANNE	BA 3	2	
392-489-5950	LUNDBERG, JAMES ANTHONY	BA 3	2	
399-646-3109	LYNE, PAUL WILLIAM	ART 3	2	
387-624-5048	MAHNKE, HEIDI ANN	OTP 1	2	
387-669-1811	MARKOWSKI, JUDITH ANN	JBA 2	2	
526-172-8199	MARTIN, HOPE	ART 1	2	
393-600-1431	MC NAMEE, MAURA ANN	JBA 4	2	
209-368-3130	MOELLER, ANDREA PEDRICK	FR 3	2	
399-623-7511	MUNSON, CHERYL DENISE	JBA 4	2	

INSTRUCTOR

· 非禮六 ·

廣東人稱『召妓』為『叫雞』。論侮辱性，『雞』似乎甚於 'hooker'。『雞』是醜化『妓』字的北音而來的。北音『妓』讀〔jì〕，去聲，『雞』讀〔jī〕，陰平聲，調值不同。但以前的廣東人，甚或不少現在的廣東人和香港人都不容易辨別國語一、四聲，所以一些較年長的香港人初學普通話，往往把陰平聲讀成去聲。我們看電視新聞聽特區官員講普通話就明白了。縱使他們讀單字時沒問題，講話時就原形畢露了。這和粵音的調值不無關係。粵音陰平聲的一般調值是 53，高平調的調值是 55。『三』是53，『衫』是 55；『針對』的『針』是 53，『時針』的『針』是 55。普通話的陰平聲是高平調 55，去聲是降調 51，但近似 53。所以不習慣講普通話的廣東人和香港人講普通話時便很容易把『心』說成『信』，把『雞』說成『妓』。同樣地，北方人學講粵語，也會『機』、『雞』、『街』不分，『記』、『計』、『介』不分。再加上無法掌握粵語聲調，也很容易鬧笑話。

把『召妓』說成『叫雞』的前輩，似乎是刻意利用這個半諧音來貶低妓女和召妓的人，極盡輕蔑侮辱之能事。

作為『妓』的輕蔑稱謂，『雞』只有雌性的意象，所以男妓便不能稱『雞』。三、四十年前，娛樂圈中人用『鴨』來代表男妓，這純粹是因為我們一向『雞鴨』同稱而作出的選擇，藉以產生諧趣效果。我們說『雞同鴨講』、『劏雞殺鴨』，所以由雞至鴨是很自然的聯想，而這『鴨』便只有雄性的意象了。

幾年前，我經過一間地產公司的分店，在門前停下來看櫥窗。一個女中介人（經紀）走出來搭訕。她很開朗，也很健談，可惜北方口音濃重，說的廣東話有三分之一我不能立刻聽得懂。我問她要不要說普通話。她說不要，因為她要多練習廣東話，盡快和香港社會融合在一起。她又說，她在廣州住了幾年，才來香港定居，所以已經講了幾年廣東話。我問她在廣州幹甚麼活兒，她開心地回答：『我做雞。』

我吸了一口氣，然後嘗試了解一下箇中深意。她說，她懂些英語，所以常常招呼外國人，帶他們去——觀光。我立刻明白，原來她剛才說：『我做 guide。』

對聯格式淺說

——兼談蘇州園林的楹聯

· 引言 ·

《粵讀》一書刊載了我的〈近體詩格律淺說〉一文，同事和學生都覺得該文搜羅了律詩格律最重要的材料。例如「一三五不論，二四六分明」和「孤平」的出處都指出了，合法拗句也詳加分析了。他們建議我寫一篇關於對聯格式的文章，與〈近體詩格律淺說〉互相呼應。這是因為能詩善聯，是成為傳統文人必須具備的條件。

誠然，對聯和中國人的生活是息息相關的，遇到吉凶二事，有人會以對聯致意。在祖國大陸，古今文人學士所作的楹聯更是到處可見。所以，對聯既有酬贈之用，又有點綴之功。律聯是對聯的主要格式。律聯出於近體詩，也出於四六文，其後更受詞曲領字和襯字的影響。可以說，律聯的格式，其實是詩文詞曲共冶一爐而成。律聯格式和律詩格律所形成的途徑頗為不同。律詩格律是在民間試驗成熟之際，經由政府通過科舉而制訂的。而律聯格式一向不在科舉考試範圍之內，所以並非官訂，而是由文人學士約定而成。因為古來聯語作者不少是做官的，所以他們約定而成的格式，其實和金科玉律相去不遠。分析過他們所寫楹聯的格式，便可以描述一般對聯的格式。

· 楹聯格式 ·

對聯因楹聯而行之久遠。楹聯可以很長，也可以很短，論格式不外律聯和非律聯。非律聯主要集古詩文句或稍變古詩文句而成，一定不會太長。有一些非律聯是口語聯，從俳諧中見哲理。非律聯的吸引力在乎語句的古樸氣息和深意，除了上聯仄收、下聯平收之外，並不在乎格律。律聯則可短可長。觀乎古今律聯，除每句都依律句平仄外，句與句之間往往用『粘』和『對』去串連，這點和四六文可謂同出一轍。不全用對仗的『聯』，不能叫做『對聯』。

因為對聯並不在科舉考試的範圍內，所以格式上並沒有受到官方的約束。但觀乎古人寫作律聯的格式，我們便知道律聯是律句和四六文的混合體。所微有不同者，只是四六文每個句組平聲收或仄聲收皆可，而律聯

則上聯以仄聲收，下聯以平聲收而已。單句五七言律聯上聯平起仄起都可以，單句四言律聯上聯平起，單句六言律聯上聯仄起。至於兩句或超過兩句的律聯則一般遵照以下的基本格式：

上聯：平平仄仄，仄仄平平，仄仄平平，平平仄仄。
下聯：仄仄平平，平平仄仄，平平仄仄，仄仄平平。

　　字數方面，『平平仄仄』可減為三字句『平仄仄』和兩字句『仄仄』，也可增為五字句『平平平仄仄』、六字句『仄仄平平仄仄』、七字句『仄仄平平平仄仄』和九字句『平平仄仄平平平仄仄』。同樣地，『仄仄平平』可減為三字句『仄平平』和兩字句『平平』，也可增為五字句『仄仄仄平平』、六字句『平平仄仄平平』、七字句『平平仄仄仄平平』和九字句『仄仄平平仄仄仄平平』。

　　句數方面，如果要減便由上往下減，要增便由下往上增。例如，三句的上聯便是：『仄仄平平，仄仄平平，平平仄仄。』五句的上聯便是：『平平仄仄，平平仄仄，仄仄平平，仄仄平平，平平仄仄。』不過，因為上述格式只是從四六文的格式推演出來，而非官方設定，所以並不是一成不變的。例如，上聯『仄仄平平，平平仄仄』如果寫成四、七句，理應是『仄仄平平，仄仄平平平仄仄』，但偶爾我們也會蹬到『仄仄平平，平平仄仄平平仄』的『失對式』上聯，下聯當然便是『失對式』的『平平仄

仄，仄仄平平仄仄平』了。南宋胡仔〔『仔』音『茲』〕《苕溪漁隱叢話・前集》卷六十引《遯齋閑覽》云：『東坡嘗飲一豪士家，出侍姬十餘人，皆有姿伎。其間有一善舞者名媚兒，容質雖麗，而軀幹甚偉，豪士特所寵愛，命乞詩於公。公戲為四句云：「舞袖蹁躚，影搖千尺龍蛇動；歌喉宛轉，聲撼半天風雨寒。」妓頳然不悅而去。』因為聯語中的七字句是宋人成句，並非蘇軾所作，所以蘇軾曾否作此聯語實在很難說。不過《遯齋閑覽》和《苕溪漁隱叢話》既然都是宋人所編著，所以聯語肯定出於宋人之手。而聯語的平仄格式正是『失對式』的『仄仄平平，平平仄仄平平仄；平平仄仄，仄仄平平仄仄平』。

我們偶爾也會碰到『失粘式』的律聯，像這個上聯：『平平仄仄，仄仄平平，平平仄仄。』那麼下聯當然便是『失粘式』的『仄仄平平，平平仄仄，仄仄平平』了。但精於詩律的人多不會這樣寫，原因是下聯末句和末第三句都用平聲收，看似半截不押韻的近體詩，讀起來未必動聽。又例如，四句的上聯也有名家用以下的格式：『仄仄平平，仄仄平平，仄仄平平，平平仄仄。』而下聯便是：『平平仄仄，平平仄仄，平平仄仄，仄仄平平。』這格式的好處是下聯四句只有末句平收，賓主分明，壞處是平仄安排稍嫌單調。至於每邊超過五句的律聯，首句平收或仄收更加靈活，只要每句都是律句便行。不過聯貴簡潔，所以每邊超過四句的聯語已經是相當累贅的了。

· 四六文格式 ·

律聯和四六文的關係顯而易見。四六文萌芽於魏晉，南渡而漸臻成熟。明王志堅《四六法海》序云：『魏晉以來，始有四六之文。然其體猶未純。渡江而後，日趨繢藻。』南宋祝穆《新編四六寶苑群公妙語》卷一〈議論要訣上・總論體製〉云：『四六施於制誥、表奏、文檄，本欲便於宣讀，多以四字六字為句。』《苕溪漁隱叢話・後集》卷三十六引《四六談麈》亦有差不多相同的文字。四六文的格式影響律聯甚深。現以初唐王勃名作〈滕王閣序〉的一些句組為例，看看四六文的格式：

（一）物華天寶，龍光射牛斗之墟；人傑地靈，徐孺
　　　仄平平仄，平平　平仄平平　平仄仄平　平仄

　　　下陳蕃之榻。雄州霧列，俊采星馳。臺隍枕夷
　　　平平平仄　平平仄仄　仄仄平平　平平　平

　　　夏之交，賓主盡東南之美。
　　　仄平平　平仄　平平平仄

（二）十旬休假，勝友如雲；千里逢迎，高朋滿座。
　　　仄平平仄　仄仄平平　　平仄平平　平平仄仄

　　　騰蛟起鳳，孟學士之詞宗；紫電青霜，王將軍
　　　平平仄仄　　仄仄　平平　仄仄平平　　平平

　　　之武庫。家君作宰，路出名區；童子何知，躬
　　　　仄仄　平平仄仄　仄仄平平　平仄平平　平

　　　逢勝餞。時維九月，序屬三秋。潦水盡而寒潭
　　　平仄仄　平平仄仄　仄仄平平　　仄仄　　平

　　　清，煙光凝而暮山紫。儼驂騑於上路，訪風景
　　　平　　平平　　平仄　　平平　仄仄　　平仄

　　　於崇阿。臨帝子之長洲，得仙人之舊館。層巒
　　　　平平　　仄仄　平平　　平平　仄仄　　平平

　　　聳翠，上出重霄；飛閣流丹，下臨無地。鶴汀
　　　仄仄　仄仄平平　平仄平平　仄平平仄　仄平

　　　鳧渚，窮島嶼之縈迴；桂殿蘭宮，列岡巒之體
　　　平仄　　仄仄　平平　仄仄平平　　平平　仄

　　　勢。
　　　仄

（三）閭閻撲地，鐘鳴鼎食之家；舸艦迷津，青雀黃

平平仄仄　平平仄仄平平　仄仄平平　平仄平

龍之舳。雲銷雨霽，彩徹區明。落霞與孤鶩齊

平平仄　平平仄仄　仄仄平平　仄平　平仄平

飛，秋水共長天一色。漁舟唱晚，響窮彭蠡之

平　平仄　平平仄仄　平平仄仄　仄平平仄平

濱；雁陣驚寒，聲斷衡陽之浦。

平　仄仄平平　平仄平平平仄

（四）嗟乎！時運不齊，命途多舛。馮唐易老，李廣

平仄仄平　仄平平仄　平平仄仄　仄仄

難封。屈賈誼於長沙，非無聖主；竄梁鴻於海

平平　仄仄　平平　平平仄仄　平平　仄

曲，豈乏明時。所賴君子見幾，達人知命。老

仄　仄仄平平　　平仄仄平　仄平平仄　仄

當益壯，寧知白首之心；窮且益堅，不墜青雲

平仄仄　平平仄仄平平　平仄仄平　仄仄平平

之志。

平仄

從上引句組可見，四六文靈活之處，在於助詞、介詞，以及動詞、形容詞，甚至看似形容詞的名詞，都可虛可實，可算或可不算入格律之內。其後宋詞用領字，元曲用襯字，兩者對律聯的格式都產生了影響。現存的律聯，有算入和不算入格律之內的助詞、介詞、動詞和形容詞，也有不算入格律之內的領字和襯字，都是有所承的。

剛才我引〈滕王閣序〉的句組為例，以顯示四六文的常用格式。我的引例都是比較工整的。但是唐人寫四六文，並不一定每個句組都這樣工整，縱使是〈滕王閣序〉也有像『豫章故郡，洪都新府』、『都督閻公之雅望，棨戟遙臨；宇文新州之懿範，襜帷暫駐』、『山原曠其盈視，川澤紆其駭矚』、『北海雖賒，扶搖可接；東隅已逝，桑榆非晚』等『失粘』、『失對』的句組。一般來說，句末平仄的『粘』與『對』比較重要，而句中的平仄就比較寬鬆。《新編四六寶苑群公妙語》卷一〈議論要訣上‧總論體製〉云：『必謹四字六字格律，故曰四六。』重點都是在句末的平仄。晚唐李商隱善四六，曾以平生四六文編為《樊南四六》和《四六乙》兩集，即所謂《樊南甲乙集》。今兩集已佚，但李商隱不少四六文尚存於他的全集中，甚具參考價值。我現在引錄李商隱三篇較短的四六文，可見文中二四同聲調的句子也不少，但末字的粘對則守得很嚴。

（一）李商隱〈上時相啟〉

商隱啟：暮春之初，甘澤仍降。既聞霑足，又欲開
　　　　仄平平平　　平仄平仄　　仄平平仄　　仄仄平

晴。實關燮和，克致豐阜。繁陰初合，則傅說為霖；
平　　仄平仄平　　仄仄平仄　　平平平仄　　　仄仄平平

媚景將開，則趙衰呈日。獲依恩養，定見昇平。絕路
仄仄平平　　　仄平平仄　　仄平平仄　　仄仄平平　　　仄

左之喘牛，用驚邴吉；無廐中之惡馬，以役任安。偃
仄　　仄平　　仄平仄仄　　　仄平　　仄仄　　仄仄平平　　仄

仰興居，惟有歌詠；瞻望闈闥，不勝肺肝。謹啟。
仄平平　　平仄平仄　　平仄平仄　　仄平仄平

（二）李商隱〈端午日上所知劍啟〉

商隱啟：五金鑄衞形威邪神劍一口，銀裝漆鞘，紫錦
　　　　　　　　　　　　　　　　平平仄仄　　仄仄

囊盛。傳自道流，頗全古制。未遇良工之鑒，常為下
平平　　平仄仄平　　仄平仄仄　　仄仄平平平仄　　平平仄

客所彈。龍藻雖繁，鶄膏稍薄。敢因五日，仰續千
仄仄平　　平仄平平　　平平仄仄　　仄平仄仄　　仄仄平

齡。廁玉玦於君侯，擬象環於夫子。所冀更蒙千灌，
平　　仄仄　平平　　　仄平　平仄　　　仄平平仄

重許三鄉。使武士讓鋒，佞臣喪魄。無荊王之遇敵，
仄仄平平　　仄仄仄平　仄平仄仄　　　平平　　仄仄

手以麾城；有漢相之策勳，腰而上殿。嘉辰祝願，
仄仄平平　　仄仄　仄平　平平仄仄　平平仄仄

平日禱祠。伏惟恩憐，特賜容納。謹啟。
平仄仄平　仄平平平　仄仄平仄

（三）李商隱〈端午日上所知衣服啟〉

商隱啟：右件衣服等，弄杼多疏，紉針未至。浼李固
　　　　　　　　仄仄平平　平平仄仄　　仄仄

之奇表，累王衍之神峰。敢恃深恩，竊陳善祝。伏願
　平仄　　平仄　平平　仄仄平平　仄平仄仄

永延松壽，常慶蕤賓。遠比趙公，三十四年當國；近
仄平平仄　平仄平平　仄仄仄平　平仄仄平平仄　仄

同郭令，二十四考中書。肝膈所藏，神明是聽。仰塵
平仄仄　仄仄仄仄平平　平仄仄平　平平仄仄　仄平

尊重，實用兢惶。謹啟。
平仄　仄仄平平

　　上引三篇四六文，第一篇〈上時相啟〉的『暮春之
初』、『甘澤仍降』、『實關爕和』、『克致豐阜』、『惟有歌
詠』、『瞻望閶闔』和『不勝肺肝』都是二四同聲；　第二
篇〈端午日上所知劍啟〉的『伏惟恩憐』、『特賜容納』都
是二四同聲；　第三篇〈端午日上所知衣服啟〉的『○李固
○奇表』是二四同聲，『二十四考中書』六言句雖然四六
不同聲，但是二四同聲。不過，三篇的句末粘對則守得
很嚴。這就是四六文的特色。律聯遠較四六文短小，較
容易分配其中的平仄，當然要較為嚴謹。加以一般律聯
都是四六文句和五七律句同用，既然有律句規範，當然
要遠較四六文工整。以此推論，律聯的句末粘對法應以
四六文為標準。但這個標準並非每人都認同，所以在創
作時也並非不能變化。

　　近體詩奇偶句合為一聯。四六文則奇偶句組合為一
聯：單句組兩句為一聯，雙句組四句為一聯。《苕溪漁
隱叢話‧前集》卷四十引《王直方詩話》云：『東坡嘗令
門人輩作〈人不易物賦〉，或人戲作一聯曰：「伏其几而

升其堂，曾非孔子；襲其書而戴其帽，未是蘇公。」蓋
元祐之初，士大夫效東坡頂短簷高桶帽，謂之子瞻樣，
故云。』以上二下二共四句為一聯；〈後集〉卷三十六引
《四六談麈》云：『靖康間劉觀中遠作〈百官賀徽廟還京
表〉云：「漢殿上皇，本是野田之叟；唐朝肅帝，又非
揖遜之君。」何栗文縝索筆塗之，用此二事，別作一聯
云：「擁篲卻行，陋未央之過禮；執靮前引，笑靈武之
曲恭。」』亦以上二下二共四句為一聯。近體詩對仗之聯
和四六文對仗之聯成為楹聯之後，句數時見增加，每邊
不再限於一、兩句。這是該文類茁壯成長的自然現象。

· 小結 ·

寫到這裏，我們可以為楹聯的格式作出以下的闡述：

（1）楹聯以及一般對聯並無官訂格式，唯一的定律是
上聯仄收，下聯平收，以及聯中全用對仗。

（2）律聯格式包括近體詩句和四六文句。聯中如果用
五、七言句，則用近體詩句格式；如果用四、六言句，則
用四六文句格式。用四六文句格式則動詞、形容詞、助詞
及介詞可算入或不算入格律之內。其後律聯受宋詞及元曲

影響，聯中又可以用領字及襯字而不算入格律之內。

（3）一般來說，一句律聯可用近體詩句或四六文句；兩句律聯可全用四六文句、全用近體詩句或兩式同用；三句或以上律聯一定以詩、文句同用為常式。因律聯有濃厚的四六文元素，我們可以推算四句聯的格式應是：

平平仄仄，仄仄平平，仄仄平平，平平仄仄。
仄仄平平，平平仄仄，平平仄仄，仄仄平平。

三句聯的格式應是：

仄仄平平，仄仄平平，平平仄仄。
平平仄仄，平平仄仄，仄仄平平。

兩句聯的格式應是：

仄仄平平，平平仄仄。
平平仄仄，仄仄平平。

至於一句聯，如果用四六文句，四言應是：

平平仄仄，
仄仄平平。

如果用近體詩句，五言則可平起，又可仄起，即：

平平平仄仄，
仄仄仄平平。

或：

仄仄平平仄，
平平仄仄平。

當律聯中四言句延伸為五言、六言、七言，則格式理應如下：

平平仄仄　　　　　仄仄平平

平平平仄仄　　　　仄仄仄平平

仄仄平平仄仄　　　平平仄仄平平

仄仄平平平仄仄　　平平仄仄仄平平

如果我們把三句聯寫成五言、四言和七言，其常式便應是：

仄仄仄平平，仄仄平平，仄仄平平平仄仄。

平平平仄仄，平平仄仄，平平仄仄仄平平。

但是，因為律聯並無官訂格式，所以如果有人要這樣寫：

平平仄仄平，仄仄平平，平平仄仄平平仄。

仄仄平平仄，平平仄仄，仄仄平平仄仄平。

我們卻不能說他寫錯，因為聯中每句都用近體或四六，句末平仄都不變。雖然，讀起來諧協與否，則高手心中自有涇渭。

(4) 四六文句末字以平仄作粘對，如果律聯上聯有四句，則句末字便該用仄、平、平、仄。下聯句末字則該用平、仄、仄、平。但是近體詩句末用平必押韻，影響所及，亦有不少作者下聯只於末句末字用平，於餘句末字都用仄。故上聯則只於末句末字用仄，餘句末字都

用平。從聲調角度來看，如果句數不多，這是一個好安排。如果句數多，便覺呆滯。四六文一般以兩句或四句為一聯，所以楹聯如果每邊超過四句，其句數便可稱為多。對聯句數不宜多，大抵聯語長度適中則有力，過長則累贅，而且必有對仗不工之處。作長聯者，欲逞才反易為長聯所累。如果律聯上聯末三句以仄、平、仄收，下聯末三句以平、仄、平收，而下聯兩平又非同韻，則宜斟酌短長，以免看似不押韻的詩句。如果上聯末二句用仄、仄收，下聯末二句用平、平收，而兩平不同韻，那就違反了律聯的精神。但如果是刻意重言，或以相同句型加強力度，則又作別論。

(5) 最後要一提的是，對聯的格式只在於平仄配置，並無用韻處。如果刻意於上聯和下聯各自押韻，那就不如作詩填詞而不要作對聯了。

・ 楹聯舉例 ・

闡述過律聯的格式，接下來便要舉例加以說明。現存的中國楹聯繁多而分散，有不少是不知年代和不著作者姓名的。如果東拉西扯舉例，恐怕會欠缺代表性和說服力。為此，我打算把焦點聚於蘇州園林的楹聯之上。

原因是不久以前，有一位朋友送給我一本書，名為《蘇州園林匾額楹聯鑑賞》(北京： 華夏出版社，1999)，加強了我要討論對聯格式的決心。這本書由蘇州大學中文系一位教授編著，材料相當豐富，很適合作示例之用。原來蘇州園林除了保存不少清人楹聯外，還增添了很多近人、今人的楹聯。雖然編著者給予全部現存的楹聯很高評價，其實那些楹聯是良莠不齊的。一般來說，蘇州園林所見的清人律聯多合乎近體詩和四六文格式，而近人、今人的對聯則較多不合格式。以下舉例說明。又本文舉例全據《蘇州園林匾額楹聯鑑賞》一書，書無誤則例無誤。

　　我們先看一些清人所作的楹聯，從而加深了解律聯格式。然後再看一些近人、今人所作的楹聯，作一比較。

甲．清人楹聯

1．非律聯舉例　（五副）

（一）汲古得修綆，
　　　仄仄仄平仄

　　　開琴弄清弦。
　　　平平仄平平　　　　　　　　　　（頁188）

上聯用唐韓愈古詩句（『歸愚識夷塗，汲古得修綆。』），下聯用唐楊衡古詩句（『開琴弄清弦，窺月俯澄流。』），乃刻意製成之非律聯，以顯古風。

非律聯帶古風者以集經史子語或集古詩古樂府句為主，或稍變化古句，意在箴規。另一種非律聯則用口語，字淺而意深。非律聯多可作箴言、格言看待。

（二）儒者一出一入有大節

　　　平仄仄仄仄仄仄仄仄

　　老僧不見不聞為上乘

　　　仄平仄仄仄平平仄平　　　　　　（頁198）

此聯於口語中見哲理，佶屈聱牙，是刻意而為之非律聯。

（三）景行維賢，鑒貌辨色。

　　　　　仄仄仄仄

　　求古尋論，勒碑刻銘。

　　　　　仄平仄平　　　　　　　　　（頁4）

152

此聯集〈千字文〉而成，但求上聯仄收，下聯平收，不拘格律，故不能以律聯視之。此等聯語以集句精審取勝，而意不在格律。唯《楹聯鑒賞》編著者則云：『聯語對偶工切，音韻優美。』謂聯語對偶工切尚可；然此聯上聯第二句連用四仄、下聯第二句二四皆平，謂其音韻優美，真不知何所據而云焉。

『行』作『道路』解讀平聲，作『德行』解讀仄聲。『論』字則可平可仄。因未知集句者此兩字作何讀何解，故上聯及下聯第一句不注聲調。

（四）清斯濯纓，濁斯濯足。

平平仄平　　仄平仄仄

智者樂水，仁者樂山。

仄仄仄仄　　平仄仄平　　　　　　（頁130）

此聯集經語而成，上聯用《孟子》句，下聯用《論語》句。兩『斯』字平聲相冲，而『者』字仄聲相冲，故並非律聯。此聯全以哲理感人，而《楹聯鑒賞》編著者則謂『聯語對仗工整』。實則『者』與『斯』詞性不合，何工整之有？

（五）積累譬為山，得寸則寸，得尺則尺。

　　　　仄仄仄平平　　仄仄仄仄　　仄仄仄仄

　　功修無倖獲，種豆得豆，種瓜得瓜。

　　　　平平平仄仄　　仄仄仄仄　　仄平仄平　　（頁316）

　　此乃格言聯，上下聯第一句是律聯形式，餘句是口語形式，別饒風味。此是刻意寫成之非律聯，不能遽謂作者不辨近體詩格律。

2. 律聯舉例（二十副）

（一）仁心為質，

　　　　平平平仄

　　大德曰生。

　　　　仄仄仄平　　　　　　　　　　　　　（頁6）

　　平仄式：
　　平平仄仄，
　　仄仄平平。

154

（二）曾三顏四，
平平平仄

禹寸陶分。
仄仄平平 （頁53）

平仄式：
平平仄仄，
仄仄平平。

（三）天心資岳牧，
平平平仄仄

世業重韋平。
仄仄仄平平 （頁64）

平仄式：
平平平仄仄，
仄仄仄平平。

（四）處世和而厚，
仄仄平平仄

生平直且勤。

平平仄仄平　　　　　　　　　　　　　（頁160）

平仄式：

仄仄平平仄，

平平仄仄平。

（五）睡鴨爐温舊夢，

仄仄平平仄仄

回鸞箋錄新詩。

平平平仄平平　　　　　　　　　　　　（頁124）

平仄式：

仄仄平平仄仄，

平平仄仄平平。

（六）短艇得魚撐月去，

仄仄仄平平仄仄

小軒臨水為花開。

仄平平仄仄平平　　　　　　　　　　　（頁 7）

平仄式：

仄仄平平平仄仄，

平平仄仄仄平平。

（七）清風明月本無價，

平平平仄仄平仄

近水遠山皆有情。

仄仄仄平平仄平　　　　　　　（頁13）

平仄式：

平平仄仄平平仄，

仄仄平平仄仄平。

　　此聯下聯避孤平。因『遠』字是仄聲，故『皆』字以平聲補救，不然後五字便成『仄平仄仄平』。清乾隆年間李汝襄《廣聲調譜》稱『仄平仄仄平』為『孤平式』，並云：『孤平為近體之大忌，以其不叶也。』

（八）想子美高標，水流雲在。

　　　仄仄平平　仄平平仄

憶堯夫曠致，月到風來。

　　平平仄仄　仄仄平平　　　　（頁237）

平仄式：

仄仄平平，平平仄仄。

平平仄仄，仄仄平平。

（九）四萬青錢，明月清風今有價。

　　　仄仄平平　　平仄平平平仄仄

　　　一雙白璧，詩人名將古無儔。

　　　仄平仄仄　　平平平仄仄平平　　　　　（頁14）

　　　平仄式：

　　　仄仄平平，仄仄平平平仄仄。

　　　平平仄仄，平平仄仄仄平平。

（十）丘壑在胸中，看疊石流泉，有天然畫本。

　　　平仄仄平平　　　仄仄平平　　　平平仄仄

　　　園林甲吳下，願攜琴載酒，作人外清遊。

　　　平平仄平仄　　　平平仄仄　　　平仄平平
　　　　　　　　　　　　　　　　　　　　（頁272）

　　　平仄式：

　　　仄仄仄平平，仄仄平平，平平仄仄。

　　　平平平仄仄，平平仄仄，仄仄平平。

下聯首句是近體詩『平平仄平仄』拗句，正式是『平平平仄仄』。北宋張唐英《蜀檮杌》卷下：『蜀未亡前一年，歲除日，〔孟〕昶令學士辛寅遜題桃符板於寢門。以其詞非工，昶命筆自題云：「新年納餘慶，嘉節賀長春。」蜀平，朝廷以呂餘慶知成都。長春乃太祖誕，聖節名也。其符合如此。』此文旨在述語讖，然亦可見以拗句聯作楹聯，古已有之。

(十) 小徑四時花，隨分逍遙，真閑卻香車風馬。
　　　仄仄仄平平　　平仄平平　　平仄平平平仄

　　　一池千古月，稱情歡笑，好商量酒政茶經。
　　　仄平平仄仄　　仄平平仄　　平仄平仄平平
　　　　　　　　　　　　　　　　　　　（頁140）
　　　平仄式：
　　　仄仄仄平平，仄仄平平，仄仄平平仄仄。
　　　平平平仄仄，平平仄仄，平平仄仄平平。

(十一) 徙倚水雲鄉，拜長史新祠，猶為羈臣留勝跡。
　　　　仄仄仄平平　　仄仄平平　　平仄平平平仄仄

　　　　品評風月價，吟廬陵舊什，恍聞孺子發清歌。
　　　　仄平平仄仄　　平平仄仄　仄平仄仄仄平平
　　　　　　　　　　　　　　　　　　　（頁5）

平仄式：

仄仄仄平平，仄仄平平，仄仄平平平仄仄。

平平平仄仄，平平仄仄，平平仄仄仄平平。

(十三) 千百年名世同堂，俎豆馨香，因果不從羅漢證。

　　　　平仄平平　　仄仄平平　　平仄仄平平仄仄

廿四史先賢合傳，文章事業，英靈端自讓王開。

　　　　平平仄仄　　平平仄仄　　平平平仄仄平平

(頁30)

平仄式：

仄仄平平，仄仄平平，仄仄平平平仄仄。

平平仄仄，平平仄仄，平平仄仄仄平平。

(十四) 漁笛好同聽，羨諸君判牘餘閑，

　　　平仄仄平平　　　平平仄仄平平

清興南樓追庾亮。

平仄平平平仄仄

塵纓聊一濯，擬明日刺船徑去，

平平平仄仄　　　平仄仄平仄仄

遙情滄海契成連。
平平平仄仄平平 　　　　　　　　（頁20）

平仄式：
仄仄仄平平，平平仄仄平平，
仄仄平平平仄仄。
平平平仄仄，仄仄平平仄仄，
平平仄仄仄平平。

（十五）從北道來遊，花月留題，寄閑情、在二千里外。
　　　　仄仄平平　　平仄平平　　平平　　仄平仄仄

佔東吳名勝，亭臺依舊，話往事、於三百年前。
　　　　平平平仄　　平平平仄　　仄仄　　平仄平平
　　　　　　　　　　　　　　　　　（頁124）

平仄式：
仄仄平平，仄仄平平，平平，平平仄仄。
平平仄仄，平平仄仄，仄仄，仄仄平平。

（十六）酒群花隊，舞榭歌臺，隔户語春鶯，
　　　　仄平平仄　　仄仄平平　　仄仄仄平平

寶馬雕車香滿路。

仄仄平平平仄仄

詩卷酒瓢，筆牀茶竈，寄情在譚麈，

平仄仄平　仄平平仄　仄平仄平仄

舊家三徑竹千竿。

仄平平仄仄平平　　　　　　　　（頁276）

平仄式：
平平仄仄，仄仄平平，仄仄仄平平，
仄仄平平平仄仄。
仄仄平平，平平仄仄，平平平仄仄，
平平仄仄仄平平。

　　此律聯集宋詞句而成。『寄情在譚麈』是『平平仄平仄』拗句，正式是『平平平仄仄』。

（十七）拙補以勤，問當年學士聯吟，月下花前，
　　　　仄仄仄平　　平平仄仄平平　仄仄平平

留得幾人詩酒。
平仄仄平平仄

政餘自暇，看此日名公雅集，遼東冀北，
仄平仄仄　　仄仄平平仄仄　平平仄仄

蔚成一代文章。
仄平仄仄平平　　　　　　　　　（頁108）

平仄式：
仄仄平平，平平仄仄平平，仄仄平平，
仄仄平平仄仄。
平平仄仄，仄仄平平仄仄，平平仄仄，
平平仄仄平平。

(十八) 百花潭烟水同情，年來畫本重摹，香火因緣，
　　　　　平仄平平　平平仄仄平平　平仄平平

合以少陵配長史。
仄仄仄平仄仄仄

萬里流風波太險，此處緇塵可濯，林泉自在，
　　　平平仄仄　仄仄平平仄仄　平平仄仄

從知招隱勝遊仙。
平平平仄仄平平　　　　　　　　　（頁19）

平仄式：
仄仄平平，平平仄仄平平，仄仄平平，
仄仄平平平仄仄。
平平仄仄，仄仄平平仄仄，平平仄仄，
平平仄仄仄平平。

此聯上聯首句（即末第四句）不用『平平仄仄』，而用
『仄仄平平』，即下聯只得末句平收，餘三句都仄收，不
與末句爭雄。

(十九) 一部廿四史，演成今古傳奇，英雄事業，
　　　仄仄仄仄仄　　仄平平仄平平　　平平仄仄

兒女情懷，都付與紅牙檀板。
平仄平平　　　仄仄平平平仄

百年三萬場，樂此春秋佳日，酒座簪纓，
仄平平仄平　　仄仄平平平仄　　仄仄平平

歌筵絲竹，問何如綠野平泉。
平平平仄　　　平平仄仄平平　　　　　　（頁197）

平仄式：
仄仄平平仄，平平仄仄平平，平平仄仄，

164

仄仄平平，仄仄平平仄仄。

平平仄仄平，仄仄平平仄仄，仄仄平平，

平平仄仄，平平仄仄平平。

『一部廿四史』是上句拗，『百年三萬場』是下句救。上句（格律『仄仄平平仄』）第四字用仄拗，下句（格律『平平仄仄平』）第三字用平救。『仄平平仄平』兼避孤平。此聯上聯末第三句仄收，是以下聯末第三句平收，與必平收之末句稍覺過近。

（二十）水雲鄉，松菊徑，鷗鳥伴，鳳凰巢，醉帽吟鞭，
　　　　仄平平　平仄仄　平仄仄　仄平平　仄仄平平

烟雨偏宜晴亦好。
平仄平平平仄仄

盤谷序，輞川圖，謫仙詩，居士譜，酒群花隊，
平仄仄　仄平平　仄平平　平仄仄　仄平平仄

主人起舞客高歌。　　　　　　　　　（頁296）
仄平仄仄仄平平

平仄式：
仄平平，平仄仄，平仄仄，仄平平，仄仄平平，

仄仄平平平仄仄。

平仄仄，仄平平，仄平平，平仄仄，平平仄仄，
平平仄仄仄平平。

　　此聯集辛棄疾詞句，嚴守四六文及近體詩格式，每
句末字粘對尤其講究。

3. 失格聯舉例（十副）

（一）共知心如水，
　　　仄平平平仄

　　　安見我非魚。
　　　平仄仄平平　　　　　　　　　　　　（頁9）

　　此楹聯非壞於聯語作者，而壞於《楹聯鑒賞》一書之
編著者。此聯作者是清初大臣宋犖，原作是：『共知心似
水，安見我非魚。』清末民初名士徐珂入民國後編著《清
稗類鈔》，在〈譏諷類〉之『澄清海甸，保障東南』條提及
此聯。該條云：『康熙朝，商邱宋牧仲犖撫吳十九年，嘗
修滄浪〔『浪』音『郎』〕亭，刻〈滄浪亭小志〉。又修唐伯
虎墳。然似有不愜輿情處。其撫署東西兩轅門牓曰：「澄
清海甸，保障東南。」時有加三字成聯句云：「澄清海甸
滄浪水，保障東南伯虎墳。」宋嘗自題滄浪亭聯曰：「共
知心似水，安見我非魚。」或改「水」為「火」，改「魚」
為「牛」，暗合其名，亦堪一噱。』此聯是『平平平仄仄，

仄仄仄平平』平起式律聯，上聯只能有兩種平仄組合：
其一是『平平平仄仄』，第一字可平可仄；其二是『平平
仄平仄』，第一字可平可仄。上聯絕不能用『平平平平仄』
或『仄平平平仄』。『共知心如水』是傳鈔或排印之誤，亦
是校對之誤。若編著者能辨平仄以及熟悉近體詩格律，
必能知『共知心如水』之誤而加以改正。然而編著者非但
不加以改正，且云：『據說，這條對聯是作者在主持修
復了滄浪亭後所寫，寫後還被蘇州的文人開了一個頗為
幽默而風雅的玩笑：聯語改為「共知心如火，安見我非
牛」。』一再易『似』為『如』，斯亦可怪也。現代學者不
學平仄，不諳近體詩格律，述古自易生訛謬。

（二）春秋多佳日，
　　　平平平平仄

　　　山水有清音。
　　　平仄仄平平　　　　　　　　　　　　（頁163）

　　此乃集詩句聯，上聯用陶淵明句，下聯用左思句。
下聯雖古句而與律句全合，而上聯因『佳』字是平聲，不
合『平平平仄仄』或『平平仄平仄』律句格式，全聯遂似
錯體律聯。

（三）閑尋詩冊應多味，

平平平仄平平仄

得意魚鳥來相親。

仄仄平仄平平平　　　　　　　（頁160）

　　此聯語上聯是律句，而下聯之平仄組合則毫無法度。此聯『鳥』、『冊』俱仄，不合律。如『魚鳥』是『鳥魚』之誤則作別論。果如是，則『來』字可作避孤平之用。然『相』字應仄而平，則無可救藥矣。如『相』字讀仄聲，而『相親』解作『相見議婚』，則格合而義謬。清人而作此劣聯，實難以理解。

（四）與古為新，杳靄流玉，

仄仄平平　仄仄平仄

猶春於綠，荏苒在衣。

平平平仄　仄仄仄平　　　　　（頁295）

　　聯語取自司空圖〈詩品〉。上聯第一句及下聯兩句都合格律，獨上聯下句『靄』字應平而仄。一字之差，以致功敗垂成。

（五）會意不在多，數幅晴光摩詰畫。

仄仄仄仄平　仄仄平平平仄仄

知心能有幾，百篇野趣少陵詩。

平平平仄仄　仄平仄仄仄平平　　　（頁12）

此聯上聯上句『在』字應平而仄，與其餘三句不合。是欲作律聯而失腳者。

（六）兵甲富於胸中，一代功名高宋室。

平仄仄　平平　仄仄平平平仄仄

憂樂關乎天下，千秋俎豆重蘇臺。

平仄平　平仄　平平仄仄仄平平　　（頁248）

此聯之下聯上句平仄有誤。上聯上句如不算『於』字，便是『仄仄仄平平』格式。如算『於』字，則是『平仄仄平平平』，不合格律。上聯上句既用『仄仄仄平平』格式，下聯上句便當用『平平平仄仄』格式相配。然『樂』是仄，『天』是平，失對。因『兵』與『憂』非領字，故上聯上句不可分為『平、仄仄○平平』，下聯上句亦不可分為『平、仄平○平仄』以求協律。如視上聯上句及下聯上句為四六文之四言句而只算『甲富胸中』及『樂關天下』，平仄雖妥，亦技窮矣。

（七）歷宦海四朝身，且住為佳，休辜負清風明月。

仄仄仄平平　仄仄平平　　平仄平平平仄

借他鄉一廛地，因寄所託，任安排奇石名花。

平平仄平仄　平仄仄仄　　平平平仄平平

（頁185）

　　此聯上聯第二句既用『仄仄平平』，下聯第二句便當用『平平仄仄』。然『寄』字仄聲，與『住』字相冲。引用古人成句不能成藉口也。

（八）此間有鬱林一卷，話往事數千年，

　　　　仄平仄仄　　仄仄仄平平

攜酒重過魯望宅。

平仄平平仄仄仄

我來值山茶再放，願同志二三子，

　　平平仄仄　　平仄仄平仄

對花齊和梅村詩。

仄平平仄平平平　　　　　（頁121）

　　『山茶再放』與『鬱林一卷』平仄相冲。『志』與『事』亦相冲。律句出句可用三仄，然對句不可用三平，而『梅

村詩』正是三平。

（九）　誰家燕喜，觸處蜂忙，綺陌南頭，
　　　　平平仄仄　　仄仄平平　　仄仄平平

　　　　見梅吐舊英，柳得新綠。
　　　　平仄仄平　　仄仄平仄

　　　　斜日半山，暝烟兩岸，欄杆西畔，
　　　　平仄仄平　　仄平仄仄　　平平平仄

　　　　有華燈礙月，飛蓋妨花。
　　　　平平仄仄　　平仄平平　　　　　　（頁141）

　　此是集詞句聯。上聯第五句『得』字應平而仄，與
『蓋』字相冲。秦觀〈風流子〉云：『見梅吐舊英，柳搖
新綠。』『搖』字平聲，『得』字入聲。以入代平，遂致大
誤。一或聯誤，一或書誤。『誰家』兩句、『梅英』兩句、
『斜日』兩句以及『華燈』兩句俱自對，上下聯只得『欄杆
西畔』對『綺陌南頭』，實非常體。

（十）　舊雨集名園，風前煎茗，琴酒留題，
　　　　仄仄仄平平　　平平平仄　　平仄平平

諸公回望燕雲，應喜清遊同茂苑。

平平平仄平平　　平仄平平平仄仄

德星臨吳會，花外停旌，桑麻閑課，

仄平平平仄　　平仄平平　　平平平仄

笑我徒尋鴻雪，竟無佳句續梅村。

仄仄平平平仄　　仄平平仄仄平平　　（頁118）

　　此聯下聯第一句『吳』字應仄而平，而『臨』字平聲，故此句既不合『平平平仄仄』正式，亦不合『平平仄平仄』拗式。此聯遂成失格之聯。

乙．辛亥革命後楹聯

1. 律聯舉例（十副）

（一）石品洞天，標題海嶽。

　　仄仄仄平　　平平仄仄

鐘聞古寺，境接嫏嬛。

平平仄仄　　仄仄平平　　　　　　　（頁77）

平仄式：

仄仄平平，平平仄仄。

平平仄仄，仄仄平平。

（二）浩劫空蹤，畸人獨遠。

　　仄仄平平　　平平仄仄

　　園居日涉，來者可追。

　　平平仄仄　　平仄仄平　　　　　　　　　（頁93）

　　平仄式：

　　仄仄平平，平平仄仄。

　　平平仄仄，仄仄平平。

（三）綠意紅情，春風夜雨。

　　仄仄平平　　平平仄仄

　　高山流水，琴韻書聲。

　　平平平仄　　平仄平平　　　　　　　　　（頁142）

　　平仄式：

　　仄仄平平，平平仄仄。

　　平平仄仄，仄仄平平。

（四）紅藥當階，越鄂相輝堆綉被。
　　　平仄平平　　仄仄平平平仄仄

　　　青峯架石，鬱林遙望迓歸舟。
　　　平平仄仄　　仄平平仄仄平平　　　　　　（頁79）

　　　平仄式：
　　　仄仄平平，仄仄平平平仄仄。
　　　平平仄仄，平平仄仄仄平平。

（五）藝圃溯流風，舊嶼青瑶留勝跡。
　　　仄仄仄平平　　仄仄平平平仄仄

　　　敬亭傳韻事，故家喬木仰名賢。
　　　仄平平仄仄　　仄平平仄仄平平　　　　　（頁214）

　　　平仄式：
　　　仄仄仄平平，仄仄平平平仄仄。
　　　平平平仄仄，平平仄仄仄平平。

（六）水繞山塘，笑舊日鶯花，笙歌何處。
　　　仄仄平平　　　仄仄平平　　平平平仄

塔浮海涌，看新開圖畫，風月無邊。
仄平仄仄　　平平平仄　平仄平平　（頁336）

平仄式：
仄仄平平，仄仄平平，平平仄仄。
平平仄仄，平平仄仄，仄仄平平。

（七）南宋溯風流，萬卷堂前，漁歌寫韻。
　　　平仄仄平平　仄仄平平　平平仄仄

　　　葑溪增旖旎，網師園裏，遊侶如雲。
　　　平平平仄仄　仄平平仄　平仄平平　（頁43）

　　　平仄式：
　　　仄仄仄平平，仄仄平平，平平仄仄。
　　　平平平仄仄，平平仄仄，仄仄平平。

　『葑溪』對『南宋』不工。

（八）看十二處奇峯依舊，遍尋雲虹月雪溪山，
　　　　　　平平平仄　　　　平平仄仄平平

最愛軒前千歲柏。

仄仄平平平仄仄

喜七百年名跡重新，好展朱趙倪徐圖畫，

　　　平仄平平　　　平仄平平平仄

並賡元季八家詩。

仄平平仄仄平平　　　　　　　（頁81）

平仄式：
平平仄仄，平平仄仄平平，仄仄平平平仄仄。
仄仄平平，仄仄平平仄仄，平平仄仄仄平平。

　下聯末句『詩』字平收是着力處，而末第三句『新』字又平收，不免與『詩』字相爭。

（九）塵世閱滄桑，問昔年翠輦經過，石不能言，
　　　平仄仄平平　　仄平仄仄平平　仄仄平平

疊嶂奇峰還似舊。

仄仄平平平仄仄

清談衹風月，於此地碧筩酣飲，花應解語，
平平仄平仄　　仄仄仄平平仄　平平仄仄

凌波出水共爭妍。

平平仄仄仄平平　　　　　　　　　　（頁91）

平仄式：

仄仄仄平平，平平仄仄平平，仄仄平平，

仄仄平平平仄仄。

平平平仄仄，仄仄平平仄仄，平平仄仄，

平平仄仄仄平平。

下聯第一句『平平仄平仄』是『平平平仄仄』之拗句。

（十）此地是歸田故址，當日朋儔高會，詩酒留連，

　　　　平平仄仄　平仄平平平仄　平仄平平

猶餘一樹瓊瑤，想見舊時月色。

平平仄仄平平　仄仄仄平仄仄

斯園乃吳下名區，於今花木扶疏，樓臺掩映，

　　　　平仄平平　平平平仄平平　平平仄仄

試看萬方裙屐，盡占盛世春光。

仄仄仄平平仄　仄平仄仄平平　　　（頁111）

平仄式：

平平仄仄，仄仄平平仄仄，仄仄平平，
平平仄仄平平，仄仄平平仄仄。
仄仄平平，平平仄仄平平，平平仄仄，
仄仄平平仄仄，平平仄仄平平。

下聯末句『占』字不論作何解，只能讀平聲，不然即不合律。除非『猶餘』、『想見』、『試看』、『盡占』俱作襯字看待。然襯字多則累贅矣。『吳下』對『歸田』、『扶疏』對『高會』俱不工。

2. 失格聯舉例 （二十副）

（一）素壁寫歸來，

仄仄仄平平

青山遮不住。

平平平仄仄 （頁170）

此聯集辛棄疾句，上聯平收，下聯仄收，可謂顛倒眉目矣。『不住』對『歸來』不工。此聯作者為大學教授，此尤使人咋舌。《楹聯鑒賞》編著者謂此聯『已鑄成新意，堪稱佳聯』，果其然乎？

（二）池中香暗度，

平平平仄仄

亭外風徐來。

平仄平平平 　　　　　　　　（頁220）

　　此聯壞於『風』字平聲。唐朝自三平腳為古體詩所專用後，近體詩即須回避三平，觀乎當時省試詩便知。

（三）魚戲雁同樂，

平仄仄平仄

鶯閑亦自來。

平平仄仄平 　　　　　　　　（頁229）

　　此聯平仄無誤，唯不成對仗。『亦』何可對『雁』乎？

（四）梅花得雪更清妍，

平平仄仄仄平平

落花少護好留香。

仄平仄仄仄平平 　　　　　　　（頁37）

　　此聯甚劣。上聯平收已犯楹聯大忌。又上、下聯失對，二、四、六字聲調相冲。以『花』對『花』尤其拙劣。

其餘『落』對『梅』、『少護』對『得雪』、『留』對『清』俱不工。見此楹聯，便知斯文掃地矣。

（五）樂山樂水得靜趣，

　　　仄平仄仄仄仄仄

　　　一丘一壑自風流。

　　　仄平仄仄仄平平　　　　　　　　（頁38）

　　此聯平仄起式皆不是。『丘』與『山』平聲相冲，『壑』與『水』仄聲相冲。如上聯用『平平仄仄仄仄仄』拗式，下聯便要用『仄仄平平平仄平』救式。是聯作者對此必無所知。『一』對『樂』、『風流』對『靜趣』俱不工。據云此聯作者是大學教授，真天喪斯文也。

（六）獅子窟中嵐翠合，

　　　平仄仄平平仄仄

　　　細林仙館鶴書頻。

　　　仄平平仄仄平平　　　　　　　　（頁78）

　　此聯壞於對仗，『細林仙館』對『獅子窟中』、『鶴書』對『嵐翠』俱不工，即有聯而無對。

（七）山黛層巒登朝爽，

　　平仄平平平平仄

　　水流瀉月品荷香。

　　仄平仄仄仄平平　　　　　　　　（頁221）

　　此聯『朝』字平聲不合。如欲改正，一是易『朝』以仄聲字，一是易『登』以仄聲字。『流』對『黛』、『瀉』對『層』俱不工。

（八）逍遙於城市而外，

　　平平　平仄平仄

　　彷彿乎山水之間。

　　仄仄　平仄平平　　　　　　　　（頁253）

　　上聯『市』與『外』仄聲相冲，下聯『彿』與『水』仄聲相冲。『市』與『水』亦仄聲相冲。全聯並不合『仄仄平平仄仄，平平仄仄平平』格式。

（九）西南諸峰，林壑尤美。

　　平平平平　平仄平仄

春秋佳日，觴詠其間。

平平平仄　平仄平平　　　　　　　（頁152）

　　以下聯平仄式推之，上聯應是『仄仄平平，平平仄仄』。現上聯『南』字應仄而平，『墅』字應平而仄，俱不合律。『觴詠其間』對『林墅尤美』不工。

（十）自剪露痕，折盡武昌柳。

　　　仄仄仄平　仄仄仄平仄

仡似明月，只寄嶺頭梅。

仄仄平仄　仄仄仄平平　　　　　　　（頁17）

　　上下聯下句平仄失對，『寄』與『盡』仄聲相冲，『頭』與『昌』平聲相冲。下聯上句不合格律，『似』與『月』仄聲相冲。『仡似』不辭。『仡似』對『自剪』、『明月』對『露痕』、『只寄』對『折盡』俱不工。全聯可謂一無是處。

（十一）似黃道流星，散落百座。

　　　　平仄平平　仄仄仄仄

憶雲林作稿，點活五龍。

平平仄仄　仄仄仄平　　　　　　　（頁72）

　　上聯下句『落』字應平而仄，不合律。

（十一） 綠香紅舞，貼水芙蕖增美景。

仄平平仄　仄仄平平平仄仄

月縷雲裁，名園欄榭見新姿。

仄仄平平　平平平仄仄平平　　　　　（頁113）

此聯上聯兩句仄收，下聯兩句平收，拙劣甚矣。『綠香紅舞』可改為『紅舞綠香』，『月縷雲裁』可改為『雲裁月縷』，則平仄乃協。

（十二） 漫步沐朝陽，滿園春光堪入畫。

仄仄仄平平　仄平平平平仄仄

登臨迎爽氣，一池秋水總宜詩。

平平平仄仄　仄平平仄仄平平　　　　（頁121）

此聯『園』字應仄而平，改為『苑』或『院』便可。然『登臨』對『漫步』尚嫌牽強。

（十四） 引清泉一勺注地，池小還容月。

平平仄仄仄仄　平仄平平仄

看奇峯萬笏朝天，山高不礙雲。

平平仄仄平平　平平仄仄平　　　　　（頁238）

上聯『地』、『月』俱仄，下聯『天』、『雲』俱平。『勺』與『地』相冲，又與『笏』相冲。全聯固不合『平平仄仄平平，平平平仄仄；仄仄平平仄仄，仄仄仄平平』格式，亦不合『平平仄仄平平，仄仄平平仄；仄仄平平仄仄，平平仄仄平』格式，真朽木也。

(十五) 把四百年勞動創造名園，重加修整。
　　　　　平仄仄仄平平　平平平仄

集萬千種歷史攸關文物，一併公開。
　　　仄仄平平平仄　仄仄平平

(頁108)

上聯第一句在『動』字後斷，下聯第一句在『種』字後斷。『史』與『動』聲調相冲，全因『勞動』句不合律。『歷史攸關文物』何指？有與歷史無關之文物耶？

(十六) 風風雨雨，暖暖寒寒，處處尋尋覓覓。
　　　　　平平仄仄　仄仄平平　仄仄平平仄仄

鶯鶯燕燕，花花葉葉，卿卿暮暮朝朝。
　　　平平仄仄　平平仄仄　平平仄仄平平

(頁63)

『鶯鶯燕燕』與『風風雨雨』平仄相冲。《楹聯鑒賞》編著者謂此聯『順讀、倒讀都合韻律，自然流麗』，怪哉此言。『花花葉葉』對『暖暖寒寒』是以實對虛，『暮暮朝朝』對『尋尋覓覓』是以名對動，都見粗疏。此乃下乘之作。

（十七）　一池碧水，幾葉荷花，三代前賢松柏寒。
　　　　　仄平仄仄　　仄仄平平　　平仄平平平仄平

　　　　　滿院春光，盈亭皓月，數朝遺韻芝蘭馨。
　　　　　仄仄平平　　平平仄仄　　仄平平仄平平平

（頁213）

上聯『三代前賢松柏寒』既是不辭劣句，兼且平收，簡直不堪入耳。『朝』與『代』合掌，『芝蘭馨』三平。

（十八）　名園復舊觀，林泉雅集，贏得佳賓來勝地。
　　　　　平平仄仄平　　平平仄仄　　平仄平平平仄仄

　　　　　堂廡存遺制，花木扶疏，好凭美景頌新天。
　　　　　平仄平平仄　　平仄平平　　仄平仄仄仄平平

（頁215）

下聯『疏』、『天』俱平，不堪入耳。如欲稍作改良，

則『林泉雅集』可改為『雅集林泉』，『花木扶疏』則改為
『扶疏花木』。『扶疏』對『雅集』、『好凭』對『贏得』俱
不工。

（十九）園林甲天下，看吳下遊人，載酒攜琴，
平平仄平仄　　平仄平平　仄仄平平

日涉總成彭澤趣。
仄仄仄平平仄仄

瀟灑滿江南，自濟南到此，疏泉疊石，
平仄仄平平　　仄平仄仄　平平仄仄

風光合讀涪翁詩。
平平仄仄平平平　　　　　　　　（頁177）

下聯末句『涪翁詩』是三平，不合近體詩格式。此聯
對仗尤劣。『瀟灑』對『園林』、『到此』對『遊人』、『風光』
對『日涉』俱不工。

（二十）博雅騰聲數傑，烟波浩淼，浴鷗晴暉，
仄仄平平仄仄　　平平仄仄　仄平平平

三萬頃湖裁一角。

平仄仄平平仄仄

藝圃蜚譽全吳，霽雨空濛，乳魚朝爽，

仄仄平仄平平　　仄仄平平　　仄平平仄

七十二峯剪片山。

仄仄仄平仄仄平　　　　　　　　（頁214）

上聯第一、二、四句俱合格律，第三句『鷗』字應仄而平，則不合格律。下聯尤劣。第一句『圃』字應平而仄，第四句二、四、六字都顛倒平仄，與上聯第四句二、四、六字相冲。『藝圃』對『博雅』、『二』對『頃』俱不工。

蘇州園林是我國名勝，現今劣聯充斥其間，豈非有損國體？以中國之大，好自現者之多，蘇州園林之例看來只是冰山一角。辨平仄、知格律是治學之本。如果不辨平仄，不知格律，恐怕不論從事學術研究還是詞章創作，都會動輒得咎。

何文匯
二〇〇九年五月